기 술 자 들

기 술 자 들

김려령

소설집

창비

차례

기술자들

1

최가 가게를 떠나기 보름 전이었다. 그의 관심은 온통 구인승 승합차에만 있었다. 인부는 더이상 태울 일이 없을 거였다. 그 때문에 뒷좌석들을 모두 없애고 생활공간으로 바꾸는 것에 여념이 없었다. 바닥은 단열재와 합판을 판판하게 깐 뒤 마루 무늬 장판을 덮어 마무리했다. 차창들에는 짙은 필름을 붙여 밖에서 안이 잘 보이지 않도록 했다. 창이 큰 뒤쪽에는 차량용 커튼도 달았는데, 그만하면 캠핑카까지는 아니어도 나름대로 아늑하지 싶었다. 처음에는 간단한 가재도구와 연장통만 있으면 될 것 같았다. 어디에서든 밥은 먹어야겠고, 연장통은 늘 함께한 일종의 반려공구였다. 그런데 막상 정리하다보니 이것저것

챙길 물건들이 제법 됐다. 생각보다 짐이 많아 쾌적하게 지내려면 공간 분배가 관건이었다. 그렇게 최가 승합차에 열중일 때 욕실 누수 문의가 들어왔다. 마지막 일일 것이었다. 최가 연락 받은 빌라로 가서 확인해보니 세면대 아래 바닥으로 물이 고여 있었다. 벽을 타고 내려온 물이었다. 매립된 배관에 문제가 있었다. 최는 장비를 챙겨 오마하고 다시 가게로 돌아왔다. 그리고 공사에 필요한 장비들을 카트에 실었다. 이놈들이 노잣돈을 다 챙겨주네. 최가 카트를 끌고 가게 앞으로 나왔다. 그때 주변을 서성이던 조가 다가왔다.

"혹시 사람 안 구하십니까?"

"그…… 뭐 할 줄 알아요?"

"잡일 보조는 이것저것 다 할 수 있습니다."

행색을 보아하니 긴 시간 떠돈 것 같았다.

"일단 이것부터 짐칸에 깔아요."

조가 최에게서 받은 군용담요를 승합차 짐칸에 깔았다. 최가 장판에 흠집이 나지 않도록 조심해서 장비를 실었다. 그러고는 함께 현장으로 갔다. 공사는 최가 도맡았다. 아직 조의 실력을 몰랐다. 그러나 조가 화장실 입구에 방진용 비닐 막을 칠 때부터 그가 괜히 덤빈 것은 아님을 알 수 있었다. 자고로 기초적인 일에 능숙한 사람이 나머지 일도 잘했다. 대형 비닐을 각 잡고 펼쳐 말끔하게 설치하기가 생각보다 쉽지 않은데, 조는 혼자서도 잘했다. 장비를 준비하거나 거드는 일도 매끈하게 소화했다. 서두르지 않으면서 신속한 보조였다. 어려운 공사는 아니었다. 누수 원인이 명확했기 때문이다. 집주인이 세면대 옆으로 선반을 달기 위해 드릴로 박은 나사가 온수 배관을 뚫었다. 샤워기 쪽으로 난 노후 배관이었다.

"아니, 배관이 이쪽으로 났을 줄은 전혀 몰랐어요. 나 참……"

"집집마다 배관 위치가 조금씩 달라서 이런 사고가 종종 있습니다."

성능 좋은 가정용 연장이 많아지면서 자가 설치나 시공이 늘어나는 추세였다. 대개는 그럭저럭 잘하는데, 이 집처럼 잘못 손댔다가 낭패 보는 경우도 간혹 있었다. 그러나 그것도 곧 경험이니 그리 민망해할 일은 아니었다. 최가 벽을 뜯고 손상된 부위의 배관을 잘라낸 뒤 새 배관으로 연결했다. 시멘트를 바르고 타일을 붙여 마무리하기까지 순조로웠다. 뜯어낸 김에 배관 청소까지 했는데도 시간이 얼마 안 걸린 느낌이었다. 못내 서운한 공사였다.

정리하자고. 예. 최는 가게로 돌아와 조와 함께 삼겹살을 구웠다. 조의 일당도 여느 인부처럼 챙겼다.

"저는 한 것도 별로 없는데……"

"그게 한 거야. 많이 먹어."

2

배관공. 최가 어릴 적에 큰아버지가 용돈벌이나 하라고 넣어준 현장이 시작이었다. 큰아버지 덕에 귀염도 받았고, 일당 받는 맛에 여러 현장을 따라다녔다. 그러나 평생 직업으로 여기지는 않았으므로 때때로 현장을 빠져나오기도 했다. 젊음을 즐기기도 했고 더 나아 보이는 일에 눈을 돌리기도 했다. 그러나 결국 돌아오는 곳은 현장이었다. 첫발의 무서움이었다. 경험이 경험을 연장하고 확대했다. 배관은 시작이었다. 현장에서는 배관뿐 아니라 다른 일도 해야 했다. 누구보다 더 잘하면야 좋겠지만, 우선은 못하는 게 없어야 하는 곳이 현장이었다. 흙밥 십년이면 웬만한 집 한채는 혼자서도 지을 수 있다는 농담이 괜한 소리가 아니었다. 그렇게 어느덧 종합설비공이 되어

있는 것이다. 최 역시 그러했다. 좋으니 싫으니 하는 동안
현장 베테랑이 되어 있었다. 남의 흙밥 먹는 것이 슬슬 질
려가는 때이기도 했다. 그러던 최에게 마침 기회가 왔다.
일을 배울 때부터 인연 깊은 옛 팀장 박이 제 가게를 최에
게 넘기고자 했다. 간단한 설치나 수리로 버티는 영세한
배관설비 가게였다. 최는 오랜만에 박과 마주 앉아 술잔
을 기울였다. 가게에 인삼 달인 냄새가 진하게 배어 있었
다. 인삼 냄새는 오묘했다. 젊은이에게서 나면 건강함이
부각되고, 노인에게서 나면 노쇠함이 부각됐다. 최는 몇
년 전 박의 호출로 제법 규모 있는 공사를 함께하고 그뒤
로는 연락만 하고 지냈었다. 이년쯤 된 것 같은데 그동안
몰라보게 쇠약해져 있었다. 이젠 가게도 힘에 부친 모양
이었다.

"손끝이 죽었어. 안 돼 이제……"

최에게 맞춤한 가게이기도 했다. 인부가 필요하면 그때
그때 연락할 인맥이 있었고, 보통 때는 직원 하나 두고 차
분히 꾸릴 수 있을 거였다. 최도 마침 제 가게를 갖고 싶
었으니 서로 운때가 맞기도 했다. 박은 명목상에 지나지
않는, 최가 감당할 수준의 금액으로 가게를 넘겼다.

"삼년은 빚이다 생각하고 버티게."

"예. 집에만 계시지 말고 종종 나오세요."

박은 다음 해에 죽었다. 예상은 했지만 너무 빨리 무심하게 떠났다.

삼년은 빚이고 그뒤부터가 진짜라고 했다. 최도 그쯤은 알고 있었다. 굵직한 건설사의 협력사나 하청업체가 아니면 일을 따내기도 어려운 구조였다. 그랬기에 동네 일만 빼앗기지 않으면서 밥값이나 벌며 살 요량이었다. 배포가 작다면 작고 현실적이라면 또 현실적이었다. 그래도 초기에는 개업 운이든 인맥 덕이든 어지간한 공사가 제법 이어졌다. 삼년고개 따위 가뿐하게 넘을 줄 알았다. 그러나 시대가 변했다. 계량기 하나를 교체하더라도 우선 검색부터 하는, 이른바 검색의 시대였다. 인터넷으로 검색된 업체들 중에서도 눈에 띄어야 선택됐다. 우리 동네 기술자라는 소개만으로는 힘들었다. 최에게는 다른 업체에서 내건 최첨단 장비와 특허공법, 자격증, 설비면허등록업체 등등의 문구가 없었다. 물론 꼭 그런 문제만은 아니었겠으나, 어찌저찌 삼년고개 겨우 넘었더니 계속 내리막길이었다. 하나 있는 직원 김마저 내보내야 할 실정이었다. 최는 살고 있는 집 보증금을 빼서 그의 밀린 임금 지불에 사용했다. 살림은 가게 창고로 옮겼다. 가게에는 박의 인삼 냄새 대신 최의 김치찌개 냄새가 배었다. 최는 늘 돼지고기를 잔뜩 넣은 김치찌개를 들통으로 끓였다. 그것으로 밥을 먹고 그것을 안주 삼아 소주를 마셨다. 얄궂은 세상이었다. 가게 하나 가졌을 뿐인데 돈은 점점 줄고 빚은 복리로 늘어났다. 최는 동네에 정붙이고 살면서 연장 든 할아버지로 늙고 싶은 소망이 있었다. 졸졸 새는 수도꼭지를 갈아주고, 물이 똑똑 떨어지는 천장 배관을 손봐주고, 누수 위치를 찾아주며 느리게 살고 싶었다. 그러나 삼년, 삼년, 또 삼년이 지나면서 그것이 욕심임을 깨달았다. 가게가 자꾸 무언가를 갚도록 만들었다. 그중 지독한 것이 월세였다. 다른 빚들은 여하튼 끝이라도 있었지만, 월세는 끝과 시작이 맞물렸다. 밀린 세를 업고 다시 시작되는 원점. 숨이 막혔다. 가게만 아니면 어디에서라도 살 것 같았다. 최는 알음알음의 인맥을 통해 가게를 내놓았다. 그리고 그를 찾아온 사람은 함께 일했던 김이었다. 제가 해보고 싶습니다. 최는 밀린 월세를 김이 대신 지불하는 조건으로 가게를 넘겼다. 약간의 권리금으로는 은행에 남은 대출을 정리했다. 최의 몫은 구인승 승합차 한대뿐이었다.

3

최가 가게를 나가기 전까지는 조도 그곳에 머물렀다.
함께 지내면서 최가 들통에 끓인 김치찌개로 식사하며 소
주를 마셨다. 최는 휴대전화와 은행계좌 하나 없이 떠도
는 조의 사정을 꼬치꼬치 캐묻지는 않았다. 이이는 어디
까지 내려간 것인가. 수배여? 아닙니다. 보름을 함께 지
내면서 세면대 교체 공사를 한번 더 했다. 이번 일당은 안
주셔도 됩니다. 가지고 있어. 그것이 다였는데 조는 최와
함께하겠다고 했다. 말하자면 승합차의 한자리를 달라는
것인데, 마치 의리로 인한 동행 같은 뉘앙스였다. 저나 잘
할 것이지.

"제가 바깥 생활은 잘합니다."

"그러면 좀 있다가 갈 때 되면 가."

조가 가게의 실리콘들을 승합차에 잔뜩 실었다.

"그것들은 왜 챙기나?"

"일할 겁니다."

실리콘 건과 각종 노즐, 히팅 건과 연장 콘센트 따위들
도 챙겼다. 짐칸을 자재와 공구, 가재도구와 생필품 등으
로 나누어 차곡차곡 정리했다. 남은 공간이라야 둘이 앉

아 식사하고 한 사람 겨우 누울 정도였다. 그마저도 떠나는 순간까지 조가 뭔가를 챙긴 바람에 더 협소해졌다. 승합차가 출발하기 전, 조가 접이식 사다리를 짐 사이로 밀어넣었다. 최가 시동을 걸었다. 그냥 있다가는 가게가 통째 승합차로 들어올지도 몰랐다. 조가 보조석에 올라탔다.

"어디로 가십니까?"

"어디든 가야겠지."

최는 곧 자기 신세가 될 것 같은 조에게 약간의 호의를 베푼 거였다. 더 잃거나 얻을 것이 없는 가게 수준만큼의 인심이었다. 그랬음에도 조는 가게 밖으로 나가는 최를 홀로 보내지 않았다. 가게를 떠나 최가 무심코 톨게이트를 빠져나갔다. 막막한 길이었다. 어디든 갈 수 있는 도로에서 갈 곳이 없었다. 답사하듯 옛적에 일했던 현장들이나 다녀볼까 싶기도 했다. 허나 모두 옛일이고 헛일이었다. 그때의 고생이 무상할 만큼 현재가 너무 비루했다. 목적지 없이 그저 달리던 최의 눈에 휴게소 알림 표지판이 들어왔다. 아침식사도 하지 않은 상태였다. 5킬로미터 남짓한 거리였지만 목적지가 생겼다는 것에 잠깐이라도 좋았다. 최와 조는 휴게소에서 국밥을 주문해 천천히 먹었다. 부족하면 다른 거 더 먹어. 배부릅니다. 물 좀 사야겠지? 물병 가져왔어요. 저기서 받으면 됩니다. 최는 벌써 휴게소를 벗어나고 싶지 않았다. 갈 곳 없는 고속도로를 어쩔 수 없이 시속 100킬로미터 이상의 속도로 달리는 꼴이 처량하기만 했다. 저 집 커피 맛있겠네. 편의점에 잘 나온 게 있습니다. 더이상 휴게소에 머물 핑계를 찾지 못한 최가 먼저 차로 가고, 조가 편의점에서 페트병에 든 커피를 사서 돌아왔다. 조가 스테인리스 컵에 커피를 따라 최에게 내밀었다. 최가 한모금 마셨다. 맛있네. 최가 점퍼 안주머니에서 통장지갑을 꺼내 조에게 내밀었다. 통장과 카드가 함께 있었다.

"들고 있어봐야 남이 다 쓰더라고. 어디 자네가 들고 나한테 좀 써봐."

"그래도……"

"너무 적지?"

"괜찮습니다."

"됐어 그럼. 이제 어디로 갈까?"

"……차박 할 수 있는 무료 노지 캠핑장이 있습니다."

취사가 가능하고 공중화장실이 있어 자동차 캠핑을 즐기는 사람들 사이에는 제법 알려진 곳이었다. 여관은 신중하게 묵어야 했다. 막연히 길로 나온 사람들은 잘 곳부

터 챙기지만, 길에서의 삶에 익숙한 사람들은 먹거리가
우선이었다. 곡기가 끊기면 잠자리에 허비한 돈을 가장
후회했다. 조는 잔고가 얼마라도 괜찮았다. 0을 시작으로
나온 길이었으므로 얼마였든 상관없었다. 그러니까 없는
것보다는 나았으나 벌써 손을 대면 안 됐다. 조가 최의 의
중을 물었다.

  "괜찮으시겠습니까?"

  "이 사람아, 내가 흙밥만 삼십년이야."

4

  조의 동행이 염치없는 더부살이가 아닌 것이, 실제로
길에서의 삶은 그가 노련했다. 노상에서 가능한 일거리를
마련해 나온 이 역시 그였다. 실리콘 시공. 간단한 재료와
기술만 있으면 가능했다. 조는 최가 세면대를 교체하면서
테두리에 두른 실리콘을 유심히 봤다. 좋은 솜씨였다.
단지 설치·수리가 주였던 최가 실리콘 작업은 부차적인
일로 여겼을 뿐이었다. 그러나 맨손의 노상 기술자에게
부차적인 일이란 없었다. 당장의 일이 곧 본업이었다. 게

다가 적당한 재료와 좋은 기술자. 미리 낙담할 정도는 아니었다. 실리콘 시공으로 첫 문의를 받았을 때, 최가 허허 웃었다. 전단지 작업을 하고 꼭 삼주 만이었다. 일도 일이지만 조의 전략이 통했다는 것도 우스웠다. 복사지로 만든 조잡한 전단이었다. 심지어 복사지 하나로 네장을 만들었으니 크기도 손바닥만 했다.

"현관문에 작게 붙여놓은 열쇳집 스티커 보세요. 필요하면 다 연락합니다."

"……자네 전에는 무슨 일 했었나?"

"이것저것 했습니다."

욕실 베란다 실리콘 시공 전문. 연중무휴. 24시 상담 가능. 전단은 서울 경기 일대 구시가지나 오래된 아파트 단지 위주로 돌렸다. 신도시나 새 아파트는 실리콘이 노후됐을 가능성이 적었다. 최는 크게 기대하지는 않았으나 조가 하자고 하니 열심히 돌리기는 했다. 그러고 받은 일이어서 좋으면서도 멋쩍었다. 첫 고객은 베란다 창틀 실리콘을 다시 하려는 고객이었다. 우리 방수 실리콘이 있나? 예. 실리콘 시공업자로서의 첫걸음이었다. 조가 베란다 창문 블라인드를 떼어내고 화분이나 탁자 등을 한쪽으로 옮겼다. 기존 실리콘 제거는 조가 더 잘했다. 커터 칼과 끌로 깔끔하게 제거했다. 재밌는 친구네. 그날 최는 사다리를 밟고 창틀에 실리콘을 쏘며 그것이 본업이 됐음을 실감했다. 베란다 배수관이 밑으로 살짝 내려앉아 천장 쪽으로 물이 샌 흔적이 보였다. 물자국 따라 곰팡이도 끼었다. 위층에서 물을 쓸 때마다 조금씩 샐 거였다. 배관을 조금 올려서 고정하면 쉽게 해결할 수도 있었다. 그러나 집주인은 그것에 대해 묻지 않았고, 최도 아무 말 하지 않았다. 그저 실리콘만 시공했을 뿐이었다.

일이 자리 잡힐 때까지는 시간이 꽤 걸렸다. 소규모 단일 업종으로 일을 일정하게 유지하기는 어려웠다. 그나마 목표가 아사하지 않을 정도여서 간간이 이어지는 일에도 만족할 수 있었다. 어느 노점상은 떡볶이를 팔아 건물주가 되었다지만, 최와 조는 시설 좋은 유료 캠핑장에라도 묵으면 다행이었다. 그동안 서울 경기 인근의 여러 노지 캠핑장을 전전했다. 계절에 따라 유료로 바뀌는 곳도 있었고, 환경오염 문제로 갑자기 폐쇄되는 곳도 있었다. 하룻밤 자고 떠날 거라면 인적 드문 어디라도 상관없었다. 그러나 최와 조는 가능한 한 오래 머물러야 했기에 캠핑장을 떠돌 수밖에 없었다. 놀러 온 사람들과 살아야 하는 사람들. 때로는 북적이고 때로는 적막한 곳. 옆 차 커다란 텐트에서 파티 같은 식사를 할 때, 최와 조는 승합차 꽁무니에 친 작은 도킹텐트에서 간소하게 끼니를 해결했다. 라면 좀 끓일까? 제가 할게요. 왜? 자꾸 흘리시잖아요. 주변에 부스러기가 떨어지지 않으면 라면이 아니라네. 음식을 나눠주는 사람도 있었고, 떠나면서 손대지 않은 식재료나 연료를 주고 가는 사람도 있었다. 누군가는 눈 내린 겨울 풍경을 감상하고 있을 때, 최와 조는 언 손으로 전단을 오렸다. 최는 유하면서 강했고, 조는 강하면서 유했다. 우선순위만 다를 뿐 자질의 합은 같았다. 조가 최의 블로그도 손봤다. 가게를 운영할 당시에 김이 관리하며 배관 정보를 올렸던 블로그였다. 조가 옛 자료를 지우고 실리콘 시공 관련한 블로그로 바꿨다. 블로그 배너 문구도 새로 고쳤다. 30년 경력자 상시 대기.

"나?"

"그쯤 되지 않았을까요?"

"그런 것도 같고. 나도 실리콘은 언제부터 썼는지를 모르겠네."

"에이, 일 처음 할 때 옆에서 보고 배우잖아요."

"……"

5

일은 불규칙했지만 한달 평균 수입은 일정해졌다. 예상 수입과 지출이 잡히기 시작하면서 매주 화요일만큼은 여관에서 묵었다. 떠돌면서 알아낸 허름하고 값싼 여관이었다. 그곳에서 승합차를 청소하고 자재와 공구도 정리했다. 빨래를 하고 세간을 닦고 뜨거운 물에 몸을 담갔다. 단골이 되니 여관 주인 황이 싼 방을 더 싸게 내줬고, 여관의 세탁기나 세제도 쓰게 해주었다. 최도 틈틈이 여관 창틀이나 객실 화장실의 들뜬 실리콘을 보수해주고는 했다. 전달에 일이 적었다 싶으면 몇주 건너서 묵기도 했다. 그러면 눈치 빠른 황이 농을 건넸다.

"어디 다른 데 가? 왜 이렇게 뜸해?"

"바빠가지고……"

최와 동갑인데 난데없이 '빠른 연생' 카드를 내밀어 형님이 된 황이었다. 황은 술 마시는 재미로 최와 조를 기다렸다. 왜 이제 와, 메기매운탕 했다. 중년의 세 남자가 창구 소파에 앉아 취할 때까지 마셨다. 배관 일 했었구먼. 이 나라 건물들은 내가 다 했지. 그럼 우리 여관은 왜 이렇게 했냐? 툭하면 뭐가 터져. 여기는 내가 안 했지. 왜? 나는 호텔만 했어. 이놈아, 나도 곧 호텔 짓는다. 조야, 내가 못 지을 것 같냐? 지을 것 같습니다. 옳지, 그럼 너는 총지배인 맡아라. 우리도 곧 건설사 세울 겁니다. 이거는 뭐 하다가 온 놈인데 주둥이만 살았어. 그냥 이것저것 했어요. 염병하네. 최와 조는 가능한 한 이 패턴을 유지했다. 또다시 일주일을 견디려면 지난 일주일을 씻어낼 휴식이 필요했다. 하루는 황이 술 한잔 마시고 진지하게 말했다. 한달에 네번 올 돈만 받을 테니 달방으로 쓰라고.

"고시원 돈도 안 되는데, 염치없이 그게 되나."

"더 받으면 그리로 가겠지. 대신 창고 옆방 써. 좀 작아."

한번은 최가 예의상 사양했고, 두번째에는 조가 넙죽 받았다. 잘 쓰겠습니다. 대승여관. 그때부터 최와 조도 대승이라는 이름을 달았다. 어디에 등록하거나 신고한 것은 아니나 최가 그러자고 했다. 대승시공. 거리로 나온 지 두해 만에 얻은 방이었다. 누가 안부를 물으면 잘 지낸다고는 했으나 노지 생활이 잘 지낼 만한 환경은 아니었다. 감수하는 동안 익숙해졌을 뿐이다. 물론 여관도 다시 나갈 수 있었다. 다만 길에서 허송세월은 하지 않은 것 같아 달방 입성의 의미를 조금 뿌듯하게 받아들일 수 있었다.

"좋은 사람을 만났어."

"예, 첫인상부터 좋았어요."

"나는 어땠나?"

"대뜸 담요를 주셔서 변탠 줄 알았어요. 차에 커튼까
지……"

6

그런 공사가 있다. 다 마음에 드는데 유독 어느 한곳만
부족한. 그 때문에 더 눈에 띄는. 부부의 신혼집이 꼭 그랬
다. 오래된 아파트였다. 도배와 장판을 새로 하고 방문들
도 하얗게 도색한 까닭에 새 아파트처럼 깨끗했다. 문제
는 화장실이었다. 집주인이 교체해주지 않는 한 누런 세
면대와 욕조는 손쓸 방법이 없었다. 끔찍한 것은 테두리
의 실리콘이었다. 묵은때와 곰팡이로 누렇고 거뭇거뭇했
다. 부부는 인테리어 업자에게 모든 공사를 맡기면서 당
연 실리콘도 함께 주문했었다. 세면대와 욕조는 차치하
더라도 실리콘만은 깨끗한 화장실을 쓰고 싶었다. 업자가
실리콘은 서비스 차원으로 싸게 해주겠다고 해서 기분 좋
게 맡겼더랬다. 그랬는데 하필 화장실 실리콘만 엉망이었

다. 울퉁불퉁한 결하며, 두텁게 덧발린 이음새며, 세면대 아래쪽에는 실리콘이 달팽이 뿔처럼 늘어져 있었다. 사실 부부는 욕실 거울 테두리에 발라진 얇은 실리콘도 같이 하고 싶었다. 하지만 서비스라는 말에 은근슬쩍 끼워 넣는 속물처럼 보일까봐 추가하지 못했다. 그런데 웬걸 시공 상태를 보니 손 안 댄 거울이 차라리 다행이었다. 부부는 시공이 마음에 들지 않았으나 결혼식 전후로 신경 쓸 다른 일이 많았다. 당장은 보수 약속만 받아둘밖에 방법이 없었다. 살림을 꾸리고 식을 올리고 여행을 다녀왔다. 급한 일은 아닌 까닭에 회사를 다니는 동안 보수가 계속 미뤄졌다. 업자와 일정을 상의하기는 했었다. 그러나 주중에는 맞벌이인 부부가 낮 시간을 낼 수 없었고, 주말에는 업자가 일을 쉬었다. 소음이 발생하는 시공이 아니니 평일 늦은 시간도 괜찮지 않겠느냐 읍소해봐도 소용없었다.

"그 시간에 누가 일해요. 우리도 함부로 못 시킵니다."

영 볼품없는 실리콘은 볼 때마다 짜증났다. 부부는 마음먹고 다시 보수 일정을 잡으려고 했다. 그런데 이번에는 인건비를 다시 내라고 했다. 세달 이상 지났으니 재시공이라나. 다만 초기 마감이 미흡했던 관계로 재료비는

빼주겠다고 했다. 부부가 발끈했다. 인건비를 다시 낼 거면 밑천이 드러난 곳에 맡길 이유가 없었다. 부부가 검색을 통해 재료비를 알아보니 업자가 전에 말한 금액보다 훨씬 저렴했다.

"차라리 우리가 하자."

"그럴까?"

누구는 DIY로 헌집도 새집으로 바꾼다던데 실리콘쯤 못할 것도 없었다. 부부는 곧 유튜브로 실리콘 시공 관련 영상들을 찾아보았다. 전문가들의 솜씨는 정교하고 깔끔했다. 저런 맛에 사람을 쓰는 것 아닌가. 비전문가들을 위한 시공 팁 영상도 꽤 많았다. 그만하면 부부도 할 만하다 싶었다. 그동안의 스트레스로 결정은 어렵지 않았다. 실리콘 색도 바꾸기로 했다. 전문가들도 초보에게는 흰색을 권하지 않았다. 흰색은 실수가 눈에 잘 띄어 전문가들도 신중하게 시공한다고 했다. 부부는 여러 조언과 취향을 고려해 화사한 은색 펄 실리콘으로 결정했다. 시공 팁 영상들을 보며 어느새 준전문가가 되어 공구와 재료들도 꼼꼼하게 챙겼다. 실리콘 제거기, 실리콘 건, 마스킹 테이프, 헤라, 노즐, 은색 펄 바이오실리콘 등등. 시공일도 주말로 정했다. 일정에 구속 받지 않는 것도 DIY의 매력이었다. 시공 당일. 부부는 노트북에 시공 영상을 띄웠다. 그대로만 하면 될 것 같았다. 이참에 거울 테두리도 손보기로 했다. 매우 얇아서 그나마 덜 흉했지만, 덜 흉하다는 것은 결국 흉하다는 거였다. 부부가 제거기를 쥐고 화장실로 들어섰다. 날이 V자 모양인 제거기가 마치 커다란 조각칼 같았다. 우선 남편이 욕조를, 아내가 세면대를 맡았다. 아내의 작업은 시작부터 고역이었다. 수전과 벽 사이로 제거기가 들어가지 않았다. 날이 얇은 칼이 필요했다. 아내가 곧 문구용 커터 칼을 가져왔으나, 이번에는 날이 너무 연약해 실리콘에 깊게 박히지 않았다. 자꾸 똑똑 부러져서 위험하기까지 했다. 뜯다보니 기존 실리콘을 제거하지 않고 덧바른 시공이어서 영상의 실리콘보다 두껍고 단단했다. 다른 영상의 전문가는 DIY용 제거기보다 공업용 커터 칼로 홈을 따라 V자로 도려내는 것이 좋다고 한 것이 기억났다. 남편이 제거기를 내려놓았다.

"내가 가서 칼 사 올게. 진짜 더럽게 안 된다."

영상으로 배운 것의 한계였다. 영상에서는 제거가 작업의 구할이라고 했다. 아니었다. 제거, 테이핑, 시공, 마무리까지 무엇 하나 쉬운 일이 없었다. 제거는 각종 도구와 힘으로 어쨌든 해냈다. 그러나 곧 이어진 테이핑 작업에서부터 절망이 시작됐다. 부부가 개중 만만하게 본 작업이었는데, 점성, 폭과 간격, 수평과 곡선 등을 고려하면서 마스킹 테이프를 붙이는 일이 여간 고역이 아니었다. 떼었다 붙였다 수없이 반복했다. 이쯤 되니 후회가 들기 시작했다.

"괜히 했나봐."

"다 됐어, 실리콘만 잘 쏘면 돼."

영상 속 그들은 실리콘을 죽 쏘고 헤라로 슥 다듬으면 그만이었다. 이렇게 쉬운 거야. 당신도 할 수 있어. 시범에 군더더기가 없어 짐짓 쉬워 보였으나, 실상은 전문가인 그들에게나 쉬운 일이었다. 부부의 실리콘은 멋대로 쏘아졌고, 결은 헤라로 다듬을수록 엉망이 됐고, 심지어 푹푹 파였다. 완성도 따위는 포기했다. 끝내는 것이 곧 완성이었다. 마지막으로 테이프를 제거할 때는 드디어 욕이 나왔다. 테이프에 실리콘이 함께 떼어진 곳은 우둘투둘한 돌기가 생겼고, 실리콘이 벌써 마르기 시작한 곳은 잘 떼어지지도 않았다. 억지로 테이프를 떼다가는 선도 망치고 너저분해졌다. 부부는 그제야 깨달았다. 업자가 대단히 잘한 것은 아니었으나 재시공할 만큼 못한 것도 아니었다. 그냥 둘걸. 셀프 시공이 끝난 후 며칠 동안 화장실을 볼 때마다 후회했다. 거기에는 무언가에 우롱당한 것 같은 불쾌함까지 있었다. 그러던 어느 날, 먼저 퇴근한 남편이 아내가 돌아오자마자 전단지 하나를 내밀었다. 욕실 베란다 실리콘 시공 전문. 연중무휴. 24시 상담 가능. 30년 경력자 상시 대기. 대승시공.

7

최가 부부의 화장실을 둘러보았다. 전화로 이미 전해 들은 터였지만 생각보다 더 심각했다. 이런 손을 가진 사람들은 무조건 전문가를 쓰는 것이 상책이었다. 돈은 돈대로 쓰고 고생은 고생대로 하고 결과는 매우 나쁜 경우였다. 속상했겠네. 최와 조가 바로 작업에 들어갔다. 최가 욕조 실리콘을 제거하는 동안, 조가 거울과 세면대 실리콘을 제거했다. 최와 조는 얇은 날과 굵은 날의 커터 칼을 번갈아 사용했다. 이들의 작업이 수월했던 것은 부부가 힘든 작업을 앞서 해버린 때문이었다. 오래돼서 단단하게 굳은 실리콘은 누구라도 제거하기 힘들었다. 그것을 부부가 다 한 셈이니 이쪽에서 고마워해야 할 일이었다. 조가 백시멘트를 물에 갰다. 그런 뒤 그것을 한쪽에 두고 긁어낸 실리콘들을 마대자루에 쓸어 담았다. 최가 개어놓은 백시멘트로 욕조와 바닥 사이의 틈을 메웠다. 남편이 물었다.

"거기는 실리콘으로 안 하십니까?"

"바닥 쪽은 물이 많이 닿아서 실리콘이 잘 떨어져요. 그러면 욕조 밑으로 물이 들어가는데, 잘못하면 아래층으로 누수가 될 수도 있습니다. 보통 욕조 밑은 방수 처리를 잘 안 하거든요. 이따가 좀 마르면 코팅해드릴게요. 코팅제 색은 실리콘하고 맞췄습니다."

최가 남은 백시멘트를 들고 변기 앞에 쭈그려 앉았다. 변기를 바닥에 고정시키는 백시멘트가 군데군데 깨져서 지저분했다. 최가 끌로 테두리를 다듬고 새 백시멘트를 깨끗하게 둘렀다. 화장실을 살필 때부터 눈에 밟혔고 백시멘트도 남았으니 하는 김에 하는 거였다.

"그건 말씀 안 드린 건데."

"남아서 그냥 하는 겁니다."

시멘트를 다 바른 최가 실리콘 건을 들고 천장 몰딩 쪽을 살폈다. 실리콘 작업을 한 흔적이 없었다. 몰딩과 벽 틈으로 수증기가 들어갔다가 다시 나오면 구정물 자국이 생긴다. 높아서 청소하기도 힘들 것이다. 최가 부부에게 대략 설명하고 결정을 기다렸다.

"하면 좋은데, 말씀드리기가 죄송스러워서……"

"하고 싶은 곳 다 말씀하세요. 그거 하러 온 사람들입니다."

"감사합니다. 그럼 그쪽도 부탁드리겠습니다."

최는 테이핑 작업 없이도 일정한 굵기와 매끈한 결을 완성했다. 얇게 발라 은색 액자틀처럼 완성한 거울 테두리 실리콘은 가히 예술이었다. 최가 모든 실리콘 시공을 마치고 조에게 실리콘 건을 넘겼다. 조가 실리콘 건을 받은 뒤 들고 있던 종이컵을 내밀었다. 백시멘트에 덧바를 코팅제였다. 액체 상태로 바르면 마르면서 플라스틱처럼 굳는 성질의 약제였다. 이것을 발라두면 시멘트가 떨어지거나 갈라지는 것을 방지하고, 물때와 곰팡이도 잘 끼지 않아 관리가 편했다. 고객들의 하소연을 흘려듣지 않은 최만의 비책이었다. 여긴 왜 이렇게 빨리 떨어져요? 곰팡이 방지용으로 해도 소용없더라고요. 물때도 잘 끼고 잘 안 닦여요. 시멘트가 왜 이렇게 금방 닳아요? 그러니까 백시멘트와 코팅제로 바닥 쪽을 마감하는 것은 최의 오랜 현장 노하우로 찾아낸 나름의 해결책이었던 것이다. 최가 시멘트 표면이 말랐는지 확인하고 코팅제를 발랐다. 변기 테두리에도 꼼꼼하게 발랐다. 서비스라고 소홀히 하지 않았다. 서비스는 앞선 어떤 일에 대한 보답이었다. 성의 없는 보답은 아니함만 못했다. 코팅제가 유리처럼 반들반들 빛났다.

"저거 생각보다 괜찮네요."

"예. 이런 성질로 된 줄눈제도 있으니까 알아보세요. 줄눈이 많이 파였네요. 물은 되도록 내일 저녁까지는 닿지 않는 게 좋습니다."

아내가 폰뱅킹으로 최의 계좌에 시공료를 입금했다. 약속한 금액보다 조금 더 얹은 액수였다. 최와 조가 주말에도 와준 것이 고마웠고, 시공 또한 마음에 들었으며, 천장과 낡은 변기까지 손봐준 배려에 대한 감사였다. 최와 조가 집을 나설 때, 남편이 최에게 상자 하나를 내밀었다. 상자에는 새 실리콘과 각종 노즐, 마스킹 테이프 등속이 들어 있었다. 자신들은 절대 쓸 일이 없으니 필요한 최가 쓰라는 거였다. 조가 냅다 받았다. 고맙습니다. 뜻하지 않은 주말 수당과 덤으로 받은 자재들로 조가 대놓고 좋아했다. 최가 머쓱하게 허허 웃었다.

　주말에는 여관에 손님이 많아 주차장이 꽉 찼다. 그 때문에 여관 길목에 주차해야 했다. 조는 최를 먼저 들어가게 하고 자신은 남아 짐칸을 살폈다. 부부에게서 받은 자재들도 종류별로 분류했다. 일이 많든 적든 자재가 점점 늘었다. 어떤 일을 오래 하면 연관 자재가 관록처럼 쌓이게 마련이었다. 다만, 승합차 짐칸에는 연관 자재만 있는 것이 아니어서 문제였다. 조는 누가 무엇을 주든 마다 않고 챙겼다. 그게 들어가? 넣으면 들어가요. 어느 도배사에게서 얻은 자투리 도배지 두 롤이 듀얼 머플러처럼 박혀 있는 이유였다. 조가 정리를 마치고 승합차 문을 닫았다. 오늘만 같아라.

8

　조가 재단기로 전단을 잘랐다. 최와 조는 전단 일을 게을리하지 않았다. 검색으로 선택 받는 블로그도 중요하지만, 선제적으로 자신들을 알리는 것도 중요했다. 최가 잘린 전단지를 백장씩 추려 고무줄로 묶었다. 일이 없는 날의 소일거리였다. 그때 최의 휴대전화가 울렸다. 최가 전화를 받았다.

"예, 대승시공입니다."

"지난번에 욕실 실리콘 시공한 집인데요."

"네네, 무슨 문제라도……"

"아뇨, 그게 아니라, 그때 사장님이 타일 줄눈 말씀하셨잖아요. 알아보니까 꽤 괜찮더라고요. 그래서 말인데, 사장님 혹시 줄눈 시공도 하시나요?"

"아, 줄눈 시공 그거는 저희가……"

조가 최의 팔을 툭 쳤다. 그러더니 입모양으로 저 할 수 있어요,라고 했다. 자네가? 네. 최가 담당 직원을 바꿔주겠노라 하고 조에게 전화기를 넘겼다. 조가 상담했다. 네, 색상 맞출 수 있습니다. 주말 됩니다. 최가 가만히 들었다. 일반적으로 줄눈 시공이라 하면 각종 테두리와 줄눈 작업을 함께 말했다. 다만 테두리제가 살짝 되직해서 다루기 수월한 면이 있었다. 묽은 약제를 얇은 선에 채우는 줄눈 작업은 좀더 섬세한 기술을 필요로 했다. 조가 줄눈을 할 줄 안다면 당연 테두리도 할 줄 알 거였다. 그런데 왜 그동안은 보고만 있었나. 조가 전화를 끊었다. 욕실 전체와 현관을 맡았다고 최에게 보고했다. 최가 조에게 정말 잘할 수 있는지 물었다.

"전에 그쪽 일 좀 했었습니다."

"그러면서 나 하는 건 왜 보기만 했나?"

"묻지 않으셨고, 잘하시기에 보조만 했습니다."

"이 사람이…… 장비는?"

"대충 있어요. 약제하고 필요한 몇가지만 더 구입하면 됩니다."

그렇군. 최는 문득 조의 '이것저것'들의 역사가 궁금했다. 지금의 일들도 이미 그의 이것저것 속에 포함됐을 거였다. 그렇긴 하지, 하고 최가 빠르게 수긍했다. 얼마나 모호하고도 적확한 표현인가. 완곡한 자기비하가 아니었다. 어떤 이유로든 해야 했던 지난 일들을 꾸밈없이 그러모은 말이었다. 자의든 타의든 돌아보면 최 또한 그렇게 살아왔다. 조의 이것저것들은 못내 무용지물 같으면서도 동시에 잡스러운 든든함이 있었다. 이제는 자신이 조를 보조하며 일을 배워야 했다. 현장 일을 하면 당연 또다른 현장일을 배우게 된다. 불끈 솟는 만학도의 의욕이 자못 좋았다. 틈새 시공업자. 나쁘지 않았다. 그러다가 불쑥 조에게 물었다.

"자네 혹시, 도배도 하나?"

"못합니다. 왜……"

"……아냐."

최가 대답하고 애써 고무줄로 묶은 전단지를 풀었다. 줄눈 시공 전문. 당장은 수기로라도 문구를 추가해야 한다. 일 없는 날 하기에 꼭 맞춤한 일이었다.

상자

감정이 긁히지 않은 이별은 없었다. 이별의 형태에 따라 동반된 통증도 달랐으며 감정이 정리되는 시간도 달랐다. 이별은 누가 옳고 그르냐의 문제가 아니었다. '그럼에도 불구하고' 그것을 포용할 수 있는지 없는지의 문제였다. 이해가 충돌돼 불신이 생기고 서로를 거부하는 지경에 이르면 파국을 맞을 수밖에 없다. 대개는 파국으로 치닫기 전에 이미 균열이 감지됐고 관계를 유지하는 것에 대해 심각하게 고민하는 과정을 거쳤다. 누가 먼저 통보했든 전혀 예상하지 못한 이별은 없었다. 상우와의 이별은 그런 점에서 달랐다. 웃는 얼굴에 침 맞은 기분이랄까. 언성 한번 높이지 않은 차분한 이별이었으나 시간이 흘러도 불쾌한 잔상이 끝내 지워지지 않았다. 급작스럽고 단호했으며 불쾌했던 이별 통보. 단 한번도 의문을 가지지 않았던 내 물건에 칠색 팔색, 정색하고 돌아선 바람에 기가 막혀 반론조차 할 수 없었던 무기력한 이별이었다.

"……넌 이것들이 예쁘니?"

"예쁘지 않아?"

"다음에 다시 얘기하자."

그리고 다음 날, 우리는 헤어졌다.

*

우리는 서른셋 동갑내기로 아직 프러포즈 같은 이벤트는 없었지만, 응당 부부로서의 먼 미래를 내다볼 만큼 어떤 마찰이나 균열이 없는 커플이었다. 삶의 이상이 비슷했으므로 대화 역시 잘 통했다. 삶에는 늘 변수가 존재한다는 걸 아는 나이였으니 맹목적으로 한 길만 내세우지도 않았다. 그저 철없는 낭만일지라도 우리만의 공감대로 유쾌한 대화가 가능한 게 마냥 좋았다.

"아이가 싫은 건 아니지만 내가 열정을 막 쏟을 자신이 없어. 아이 때문에 포기하는 일이 생기면, 애를 원망할 것 같아. 너무 무책임하잖아. 그래서 아이는 신중하게 생각하려고."

"나도 보면 유년기부터는 맨날 뭘 그려내고, 써내고, 풀어내야 했어. 제일 많이 들은 소리가 이거야. 너 다 했어? 매일매일 뭔가를 다 해야 했어. 지금까지도 그래. 어떻게 됐어요, 다 됐어요? 50대부터는 다르게 살고 싶어. 어디에도 소속되지 않고 자유롭게. 인생의 반을 해야 할 일을 하면서 살았으면, 남은 반은 하고 싶은 대로 살아도 되지 않겠어? 목적 없는 여행자가 내 꿈이야. 그래서 나도 아이는 가지면 안 되겠다고 생각했어. 부모가 할 일은 50대에 끝나지 않잖아."

"내가 대학생활을 기숙사에서 시작했다고 했잖아. 그때 누가 엄마한테 그랬대. 나한테 역마살이 끼어서 이제부터는 내내 밖으로 돌 거라고. 기숙사 나와서 자취하고, 취업해서 또 혼자 서울에서 지냈으니까 아주 틀린 말은 아닌 것 같은데, 학교랑 직장 때문에 어쩔 수 없었으니까 딱 맞는 말도 아니지. 근데 자기가 여행 얘기를 하니까 갑자기 그럴싸하게 들린다. 나도 친구들하고 여행하면서 비슷한 생각을 했거든. 제발 목적지 찾아다니는 여행 좀 그만하자고. 뭐에 얽매이지 않고 자유롭게 다니고 싶은 거야. 그러려면 혼자가 편한데 또 혼자 다니기는 무서워서 꼭 친구들하고 같이 다니잖아. 몸보다 정신이 더 피곤한 여행이야."

"그러니까 나하고만 가."

"어떻게 그래, 그랬다간 우리 결혼식에 아무도 안 올걸. 주미 알지? 애들은 주미를 여행 필수품으로 생각해. 출발하기 전에 조사를 얼마나 많이 하는지, 현지인보다 현지를 더 잘 알아. 얘만 따라다니면 웬만한 명소는 다 갈 수 있어. 여행을 간 건지 인증하러 간 건지 모르겠다니까. 뉴욕에 99센트 피자가 얼마나 많아. 지나다가 출출하면 가볍게 먹는 데 아냐. 근데 얘는 그중에도 꼭 정해진 곳을 가야 해. 몇 개를 지나쳐서 그 매장에 가면 인제 또 정해진 메뉴를 먹어야 하는 거야. 누가 다른 거 먹겠다고 하면 안 된대. 그 매장에서 그걸 먹지 않으면 뉴욕에 온 게 아니래."

"하하하. 주미씨가 그런 스타일이구나."

"그래도 애들은 미리미리 알아 오는 주미가 좋은 거야. 나는 답답해서 미칠 것 같아. 널리고 널린 사소한 먹거리도 목적지를 정하고 가는 앤데 다른 데는 어떻겠어. 우연히 찾은 맛집? 거리? 그런 우연은 존재하지 않아. 너무 갑갑한 여행이야. 그래서 말인데 50대는 뭘까, 너무 중후하다고 해야 하나? 우리 출발이라도 40대로 잡는 건 어때? 마흔아홉하고 쉰은 사실상 별 차이 없는데, 그래도

40대는 간당간당하게라도 청년다움이 남은 느낌이야. 시작은 1퍼센트라도 가볍게 출발하자. 그때까지 돈 잘 모아서 숨만 쉬어도 되는 여행하면서 살자고. 방랑자처럼."

"그때 출발하려면 지금부터 모아도 힘들걸?"

"그러면 부부 여행 채널 만들어서 유튜브 찍으면서 다니자. 잘 돈이랑 빵하고 물 살 돈은 들어오지 않겠어?"

"그러다 대박 나면 어떡하지? 우리 강제로 프로 유튜버로 전향되는 거 아냐?"

실제로 그때가 되면 여전히 그날 해야 할 일에 쫓기며 살 가능성이 높지만, 꿈이라도 함께 꾸며 벌써 즐거워했었다. 조금 심하게 다퉜다고 해서 그것으로 이별을 고민하는 시기도 지나 심정적 안정기에 접어든 때였다. 그런 차에 말문이 턱 막히는 이별 통보를 받았으니 실어증 환자처럼 무기력한 대응을 할 수밖에 없었다.

그 일이 있기 전 주말에 모처럼 본가를 다녀왔다. 아빠가 오랜만에 밥이나 같이 먹자고 하길래 김치도 챙겨 올 겸 해서 내려갔다. 그런데 알고 보니 오빠 내외의 임신 축하 자리였다. 임신 소식이야 카톡으로 알려줘도 될 테지만, 겸사겸사 얼굴도 볼 겸 부른 거였다. 본가와 가까운 도시에 사는 오빠네는 식사를 마치고 돌아갔고, 나는 하룻 밤 자고 올라왔다. 그날 밤 안방에서 엄마와 함께 잤는데, 오랜만에 내려갔어도 당신과 나의 얘기는 딱히 할 게 없 었다. 화제는 주로 올케언니의 임신이었다. 나의 첫 조카. 엄마는 올케언니가 식사하는 모습만 보고도 딸이라고 짐 작했다.

"내가 너 가졌을 때랑 똑같더라. 안 먹던 채소들도 입에 착착 붙더라고."

"아니, 내가 임신했어? 어떻게 언니가 엄마를 닮아?"

"날 닮은 게 아니라 징후가 그렇다고."

"설마 딸일까봐 걱정하는 거야?"

"얘, 나는 그 옛날에도 아들보다 딸이 좋았다."

"왜?"

"총총총 예쁘잖아. 가만, 너 보여줄 거 있어."

엄마가 장롱 서랍에서 넓적한 상자를 꺼내 침대에 올 렸다. 어느 홍삼 브랜드 마크가 새겨진 금색 보자기로 싼 상자였다. 내가 익히 알고 있는 상자. 엄마가 결혼할 때 입 은 한복이 들었던 상자로, 한복은 다른 곳으로 옮기고 내 물건들을 고이 담아 보관한 상자였다.

"이걸 아직도 가지고 있었어?"

"깊숙이 넣어두고 뺄 일이 잘 없으니까 맨 그 자리에 있었지."

엄마가 보자기를 풀고 상자 뚜껑을 열었다. 나도 대학 때 본 게 마지막이었다. 낡은 본가의 리모델링을 위해 세간을 모두 빼내던 날. 짐 정리 중에 상자를 들여다보며 엄마와 수다를 떨다가 아빠한테 핀잔을 들었다. 나의 아기 때 시절이 고스란히 담긴 상자에는 배냇저고리, 공갈 젖꼭지와 딸랑이, 백일 기념 원피스와 신발, 돌 때 입은 한복, 다섯살 때까지 애착 담요로 끼고 살았던 신생아용 담요 등속이 잘 정리돼 있었다.

"나는 어제처럼 생생하다. 얼마나 예뻤는지 몰라. 그때 냄새까지 나는 것 같아. 봐라, 네가 이렇게 작은 신발을 신었다니까."

"아기들은 손발이 제일 예쁘지?"

"다 예쁜데 손발이 특히 예쁘지."

이때의 나는 사진과 비디오로도 많이 남아 있다. 분홍색 담요에 둘둘 감싸인 신생아 때의 나. 공갈 젖꼭지를 물고 자는 나. 한복을 입고 돌잡이를 하는 나. 영상 속 나는 벌써 성인이 됐는데 그때 사용했던 물건들은 그 상태 그대로 남아 있었다. 내 것임은 분명하나 엄마가 보관하고 엄마가 추억하는 물건들. 나는 가끔 궁금했다. 엄마는 이것들을 보며 그때의 나를 회상하는지, 그 시절의 당신을 회상하는지. 뭐라도 상관없겠지만 어쩐지 후자이지 않나 싶다. 그때는…… 하며 말을 흐릴 때의 미묘한 쓸쓸함이 갓 태어난 나를 향한 심정은 아닐 테니까. 여하튼 잠시 회상에 잠겼던 엄마가 상자를 다시 보자기로 싸서 잘 묶었다.

"이거 너 가져가라."

"내가 가져가서 뭐 해."

"뭘 하려고 가져가니? 그냥 네가 갖고 있으라고. 언니 임신했잖아. 괜히 알면 서운해할 것 같아. 할머니가 손주보다 고모 아기 때를 더 중하게 여기는 것 같잖아. 그리고 누가 그러더라. 아기가 태어날 때, 물려주지 못할 오래된 아기 물건들은 집에 두면 안 된다고."

"하여간 맨날 누가 그런다지. 도대체 언니가 서운할 게 뭐가 있어? 아닌 말로 언니보고 쓰라고 물려주는 것도 아니잖아. 그렇게 생각하는 엄마가 더 이상하다."

"넌 몰라. 임신하면 온갖 게 서운하다. 툭 하면 눈물 나. 네 오빠 낳고는 정신이 없어서 이런 거 챙길 생각을 못했는데, 너는 둘째라 요령이 생겨서 개중에 깨끗한 것들만 잘 모아서 보관했지. 누가 훔쳐가지도 않을 걸 보물 상자처럼 장롱 깊숙이 넣어뒀다. 전에는 한번 꺼내서 버리려고 했는데, 그게 또 그렇게 안 되더라. 쓰레기통에 넣으려니까 마음이 안 좋더라고. 가져가서 네가 버리든 말든 알아서 해."

"알았어. 내가 가져갈게. 엄마 진짜 할머니 되나보다. 별걸 다 신경 쓰네."

그래서 가져온 상자였다. 나는 엄마만큼 저런 문제를 심각하게 받아들이지 않았고, 솔직히 이게 고민씩이나 할 문제인가 싶어 별생각 없이 가져온 것이었다.

*

내 집으로 옮겨 온 상자는 엄마와 올케언니가 아니라 나와 그 사이에서 문제를 일으켰다. 한번은 문제가 터져야 할 운명을 가진 상자였나. 혹시 그대로 본가에 있었다면 엄마와 올케언니에게서 터졌을까. 언제고 반드시 벌어졌을 일이 어쩐지 내 쪽으로 와서 터진 것만 같았다. 그동안 우리는 때때로 누군가의 집에서 함께 자고는 했다. 문제의 그날은 본가에서 엄마가 싸준 반찬으로 함께 저녁을 먹기 위해 그가 내 집으로 온 차였다. 작은 방을 옷방 삼아 사용했는데, 그가 옷을 갈아입다가 선반에 둔 상자를 본 것이다.

"저 방에 금색 보자기로 싼 거 뭐야? 무슨 홍삼이라고 쓰여 있던데."

"홍삼 아니고 우리 엄마 보물 상자. 밥 먹고 구경시켜 줄게."

"어머니 걸 왜 네가 가지고 있어?"

"원래는 내 건데 엄마가 보관하고 있다가 이번에 줬어."

식사하는 동안 나눈 대화는 뻔했다. 잘 다녀왔냐. 가보니까 오빠네가 아이를 가져서 아빠가 모이게 한 거였더라. 나한테도 결혼 안 하냐 하길래 할 때 되면 한다고 둘러댔다. 어른들은 그런 거 말고는 할 얘기가 없는 것 같다. 대략 그런 내용이 오갔다. 그러나 그는 대화보다는 작은 방 상자가 더 신경 쓰이는 듯했다. 엄마의 보물. 그런데 그것의 원주인은 나였다고 하니 뭔가 알쏭달쏭한 모양이었다. 나는 그가 궁금해하는 모습이 재밌어서 일부러 시간을 끌었다. 식사를 마친 뒤 바로 설거지해서 주방을 정리하고, 먼지 흡착포가 달린 마대로 거실을 싹싹 밀어냈다.

"이렇게 싹 정리하고 경건하게 풀어봐야 하는 거야? 뭔데 그래?"

"당연하지, 33년이나 묵은 건데."

"홍삼이 아니라 산삼이야?"

"산삼보다 더 귀하지. 산삼은 다시 캐면 되잖아. 근데 이건 어게인이 불가능해."

나는 그를 적당히 놀렸다 싶을 때 문제의 상자를 꺼내 왔다. 거실 바닥에 내려놓고 금색 보자기를 푸는 동안 그가 바짝 붙어 앉아 상자를 주시했다. 엄마가 결혼할 때 입은 한복 상자였으므로 뚜껑에 한복 명가 황실 주단이라는 문구가 쓰여 있었다.

"한복이야?"

"아니, 짜잔!"

내가 드디어 뚜껑을 열었다. 상자 속 물건들이 비로소 드러났다.

"이게 다 뭐야? 혹시 너 임신했니?"

그는 순간 올케언니가 아니라 내가 임신했나 혼란스러운 것 같았다.

"내가 무슨 임신을 해. 그랬으면 30년도 더 된 옷을 입히겠어? 내가 썼던 것들이야. 배냇저고리 봐, 막 태어났을 때는 이것도 컸대. 아기가 얼마나 작은 거야. 쪽쪽이는 색이 좀 바랬는데, 울다가도 이거 물려주면 뚝 그쳤대. 한복

봐. 색동이야, 하하하."

"……"

"뭐야, 산삼이 아니라서 실망한 거야?"

"아니…… 그게…… 이 담요는 거의 다 찢어졌는데?"

"내 애착 담요야. 신생아 때 병원에서 준 거래. 내가 이 걸 거의 다섯 살 때까지 끼고 잤대. 이거 떼느라 엄마가 되 게 고생했다고 하더라고. 딸랑이도 있어. 이거 가지고 노 는 거 비디오로도 찍어뒀다. 귀엽지? 상자가 커서 아직 어 디에 둘지 못 정했어. 엄마는 장롱 서랍에 넣어뒀었는데, 나는 옷장 서랍이 꽉 찼거든. 홍삼 보자기는 촌스러워서 바꿔야겠어. 이참에 상자도 바꿀까?"

"……너는 이것들이 예쁘니?"

"예쁘지 않아? 귀엽잖아."

"……우리 다음에 다시 얘기하자. 미안하다. 나 그만 가 볼게."

붙잡을 새도 없이 그가 옷을 갈아입고 집을 나섰다. 그 는 당황하고 있었다. 속물처럼 산삼이나 현물로 계산되는 실제 보물이 아니어서 실망한 건 아닐 거였다. 그가 돌아 간 뒤, 무엇이 그를 그토록 당황하게 했는지 나는 한동안 상자 속을 들여다보며 고민했다. 도무지 알 길이 없었다.

아기 물건에 그런 거부감을 보이는 사람은 처음 보았다. 그가 아이를 원치 않았던 진짜 이유가 따로 있는 게 아닐지, 혹여 아기와 관련한 어떤 트라우마라도 있는 건 아닐지 염려됐다. 만일 그렇다면 이날 내 행동은 고의는 아니었으나 그에게 상처를 준 걸 수도 있었다. 영문은 몰랐으나 걱정이 앞섰기에 나는 그가 마음을 추스르고 먼저 연락해주길 기다렸다. 그리고 그의 연락은 예상보다 빨랐다.

다음 날, 그는 전날보다 더욱 심각한 얼굴로 나와 마주했다. 누구의 집도 아닌 어느 카페에서였다. 나는 조심스럽게 그의 말을 기다렸다. 그도 꺼내기 힘든 말이었는지 입술을 몇번이나 잘근잘근 씹었다. 그리고 마침내 입을 열었다.

"우선…… 이건 절대로 네 문제가 아니라는 것부터 말하고 싶어. 순전히 내 문제야. 그러니까 뭔가 잘못됐다면 내가 이상한 거지, 네가 이상한 게 아니라는 뜻이야."

나는 그의 말을 경청하며 가만히 고개를 끄덕였다.

"바로 말할게. 어제 그 상자에 있던 물건들…… 나는 징그러웠어. 이 표현이 적확한지는 모르겠다. 그냥 보자마자 든 내 감정이 그랬어. 자녀들 아기 때 물건을 간직하는 부모들이 있다는 건 나도 알아. 우리 어머니도 우리 형제가 돌 때 받았던 금반지 한개씩은 목걸이로 만들어서 가지고 있거든. 그런데 그 상자는 뭐랄까, 너무 적나라하달까. 배냇저고리, 공갈 젖꼭지, 신발…… 너희 어머니가 너를 아직도 쪽쪽이 문 아기로만 보는 것 같은 거야. 그때를 회상하는 것하고 여전히 그렇게 보는 건 다르지 않아? 무슨 골동품도 아닌데 어떻게 그런 걸 30년 넘게 갖고 있을 수가 있어. 네가 그걸 꺼내서 예쁘지, 하는데 솔직히 좀 그랬어. 쪽쪽이를 문 아기처럼 구는 게 너무 당황스럽더라고. 어른 아기를 보는 것처럼……"

"……흔한 아기들 용품이잖아."

"모든 물건은 소유주가 누구냐에 따라 의미가 다르잖아. 넌 지금 그냥 세살이 아니라 서른세살이야. 성인이 가지고 있을 물건들은 아니지."

"확대 해석하지 마. 추억으로 간직한 단순한 물건들일 뿐이야."

"30년 넘게 보관한 물건들을 어떻게 단순하게만 볼 수 있지? 추억으로 치면 네 말대로 사진이나 비디오에도 많이 남았잖아. 보통은 지나가는 아기를 통해, 진열된 상품들을 통해 그때를 자연스럽게 회상하지 않아? 그런데 너희 어머니는 그것들을 보자기에 꽁꽁 싸서 계속 안방에 두고 생활하셨어. 나는 그게…… 소름 끼쳐.”

“그렇게 보관하는 집 생각보다 많아. 무슨 문제인지 모르겠네.”

“알아. 그래서 순전히 내 문제라고 한 거야. 추억을 저장하는 방식은 집마다 다를 테니까. 그리고 이건 좀 다른 말인데, 나는 네 올케 임신 때문에 온 가족이 모였다는 것도 살짝 불편했어. 당연히 축하할 일이지만, 각자 다른 도시에 사는 가족들이 단지 누가 임신했다는 이유만으로 그렇게 모여서 식사한다는 게 좀 이해가 안 됐어. 게다가 넌 이유도 모르고 그냥 아버님이 내려와라, 다 같이 식사하자, 그 말 한마디에 네시간이나 달려서 내려갔다고. 전에도 몇번 그랬지. 너희 집을 내 기준에서 좋다 나쁘다 평가하는 건 절대 아냐. 단지 그런 일에 내가 자꾸 이상해지고 싶지 않을 뿐이야. 너희 집은 계속 그럴 거고, 그때마다 난 불편하겠지. 도저히 안 될 것 같아. 그래도 가족 모임은 어떻게든 이해해보려고 했는데, 그 상자는 정말 아니었어. 배냇저고리, 나달나달한 담요, 빛바랜 젖꼭지, 딸랑이…… 그걸 담고 있는 어머님 한복 상자. 어머니 치마폭에 그대로 갇힌 아기. 내 생각이 너무 나갔다는 거 알아.

그만큼 불편하고 적나라했다는 거야. 그런데 넌 그걸 또 새 상자에 담고 싶어 했어. 앞으로 또 30년을, 아니 그보다 더 오래 간직할 수도 있겠지. 숨 막혀. 옆에 못 있겠어. 이미 그렇게 됐어. 내 연인이 옆자리 직장동료보다 불편하면 사랑이 무슨 의미가 있어. 미안하다. 집에 있는 내 물건들 다 버려줘. 혹시 내 집에 있는 네 물건 중에 필요한 거 있니? 보내줄게."

"아니, 없어. 다 버려."

                              *

내가 따지고 들 여지가 없는 일방적인 대화였다. 너와 너희 집은 아무런 문제가 없다. 문제로 보는 내가 이상한 거다. 미안하다. 그런 이별이었다. 상대의 취향은 존중하나 자신이 못 견디겠으니 떠난 이별이었다. 그가 말을 마칠 때쯤 나도 정이 뚝 떨어졌다. 사람 싫어지는 거 한순간이었다. 어른 아기를 시작으로 징그럽다, 적나라하다, 소름 끼쳤다 등등 그가 사용한 표현들에 이미 나가떨어졌다. 같은 것을 그토록 다르게 볼 수 있다니. 물론 그가 모든 아기용품을 그렇게 표현한 게 아니라는 것은 안다. 그

의 말처럼 소유주 문제였다. 그런데 소유주인 내가 그것
으로 뭘 했기에 저 난리란 말인가. 내 경우라면 연인이 아
기 때 쓴 물건을 보여주면 마냥 신기할 것만 같은데, 그는
기이한 망상으로 일단 도망치기부터 했다. 엄마가 치마폭
에 아기처럼 끼고 있던 딸을 이제 자신에게 넘겼다고 착
각이라도 한 걸까. 그는 마치 엄마가 어른 아기를 덥석 안
기고 빠진 듯 겁먹고 당황했다. 너무 기분 나쁜 망상이었
다. 그따위로 엄마를 곡해한 것도 참을 수가 없었다. 한때
잘 모아뒀다가 어느새 시간이 흐른 것이지, 그 시간 동안
애지중지 가지고 있던 게 아니었다. 그러나 해명하듯 따
지지는 않았다. 엄마가 무슨 몹쓸 물건들을 보관했다고
대신 변명해야 하나. 엄마 치마폭에 싸인 어른 아기라니.
그런 엄마였다면 나를 대학 때부터 혼자 서울로 보내지는
않았을 터였다. 잔상이 너무 불쾌한 이별이었다. 그때 퍼
붓지 못한 말이 울화로 쌓여 한기 든 듯 몸이 떨렸다. 네
시간을 달려갔든 열시간을 달려갔든, 시간 되는 날 가족
이 모여 식사하는 게 그토록 불편한 일인가. 내게 조카가
생긴다는 걸 깜짝 소식처럼 전해주는 게 정녕 이상한 일
이란 말인가. 내 가족의 일상이 누군가에게는 불편하고
징그러운 모습으로 비쳤다는 게 못 견디게 불쾌했다.

나는 상자 속 물건들을 모두 꺼내 거실에 펼쳤다. 한복 상자 옆에 금색 보자기도 잘 개어 놓았다. 도대체 이것들이 왜 문제인가. 정녕 문제로 인식하지 않는 내가 문제인 건가. 엄마는 정말로 나의 성장과 상관없이 나를 아기로만 묶어두고 싶은 집착으로 이걸 끝끝내 안고 있었던 걸까. 혹은 모성애의 끝판왕으로 인정받고자 한 과시욕 때문에?

"우리 소영이 이때 얼마나 예뻤나 몰라. 그만 컸으면 좋겠더라고. 하나하나 정성껏 모았다. 싹 빨아서 다리고, 소독하고, 원피스하고 한복은 드라이한 거야. 내가 널 이 정도로 정성껏 키웠다. 알아? 이젠 다 컸다고 말도 안 듣고."

"네, 네, 감사합니다. 그나저나 이 상자는 뭐야, 촌스러워."

"엄마 결혼할 때 할머니가 해주신 한복 상자야. 넣어보니까 이게 딱 맞더라고. 옆으로 넓고 깊이도 적당해서 장롱 서랍에 쏙 들어가더라. 그러면 됐지, 뭐 얼마나 좋은 상자에 넣어두니? 무슨 신줏단지라도 돼?"

내가 예뻐서 내 장난감마저 예뻤다는 엄마. 그래서 내가 특히 아꼈던 것들만 모아뒀다는 엄마. 나는 엄마가 저렇게 말할 때도 전혀 이상하지 않았다. 저런 말에 무슨 저

의가 있나. 흔한 모녀간의 대화도 곡해하자고 들면 끝이
없었다. 여하튼 정리하자면 딸이 사용했던 예쁜 물건들
을 모은 것뿐이었다. 문제는 그가 해댄 말로 인해 내가 괜
한 신경을 쓰게 됐다는 거였다. 내 가족이 타인에게는 유
난으로 보였다는 걸 가볍게 치부할 수만은 없었다. 이별
을 결심할 정도의 충격. 이별에 미련이 남은 것은 아니지
만, 누군가 그 정도의 충격을 받았다면 한번은 되돌아볼
문제였다. 올케언니는 어떨까. 자신의 임신으로 시누이는
네시간을, 자신들은 한시간을 달려오게 만든 시아버지.
그날 오빠가 휴대전화로 촬영한 동영상에는 축하 인사와
웃음으로 가득한데, 혹시 올케언니는 그 자리가 불편했을
까. 굳이 식당에 모여 축하 케이크의 촛불을 끄게 한 시어
머니. 상우는 이런 우리 가족이 자연스럽지 않고 불편하
다고 했다. 마치 의도적으로 행복을 과시하는 가족처럼.
만일 그가 사위 입장에서 그렇게 느꼈다면 올케언니는 어
땠을까. 올케언니는 다른 환경에서 살다가 가족이 된 구
성원임을 간과해서는 안 됐다. 그날 올케언니는 몸이 좋
지 않다며 식사를 마치고 곧장 집으로 돌아갔다. 아빠가
본가에서 차 한잔 마시자고 했지만, 오빠가 서둘러 데리
고 갔다. 정말 몸이 안 좋았던 걸까, 역시 그 자리가 불편

했던 걸까. 둘 다 꺼림직한 경우지만 차라리 몸이 안 좋았던 거였으면 했다. 누군가 또 우리 가족을 불편하게 느낀다는 건 썩 기분 좋은 일이 아니었다. 그가 말한 엄마의 징그러움과 아빠의 불편함. 그러나 그것이 아무렇지 않은 나. 그가 이별을 고한 건 비단 나 때문만은 아닌 듯했다. 내 가족 전체의 문제였을 터였다. 내가 분노하는 지점이기도 했다. 거듭 자신이 이상한 거라고 사과했으나 내가 받은 모욕감을 씻어낼 수가 없었다. 나를 사랑한다면 내 가족마저 포용해야 한다는 고리타분한 말 따위 하지도 않았다. 그런 말은 실제로 내 가족에게 문제가 있을 때나 할 법한 말이었다. 네 말이 맞아. 네가 이상한 거야. 이제라도 알고 헤어졌으니 얼마나 다행인가. 그런데 왜 이렇게 억울한가. 북받치는 화를 견딜 수가 없었다.

그러면 안 되는데, 나는 끓어오르는 화를 결국 내 물건들에 풀고 말았다. 이제는 예쁘게 보이지도 않았다. 다 낡은 담요를 왜 여태 들고 있는지, 30년도 더 전에 입에 물었던 쪽쪽이는 왜 버리지 않았는지, 이 딸랑이가 뭐라고 성인이 된 내게 다시 쥐여줬는지, 배냇저고리, 원피스, 한복! 나도 한때는 이 물건들을 친구들한테 은근히 자랑하기도 했다. 우리 엄마는 내 배냇저고리를 아직도 가지고 있어. 진짜? 되게 정성이시다. 그러면 왠지 내가 남다른 사랑이라도 받는 자녀인 듯 뿌듯했었다. 나만 예쁜 아기 시절이 있었던 게 아닌데도 어리석게 그런 자랑으로 우쭐 댄 것이다. 부끄럽지만 성인이 된 뒤에도 그때의 아기처럼 엄마 아빠에게 어리광을 부렸다는 것을 부인할 수 없다. 맨날 서서 다녀서 다리 아파, 그렇게 아빠에게 차를 얻었고, 나 원룸은 무서워, 하며 엄마에게서 아파트 보증금을 얻었다. 구두도 가방도 옷장을 차지한 옷 여러 벌도 그렇게 얻었다. 울음으로 소통하는 아기처럼 울음으로 얻어냈다. 계산된 어리광이 아니라 실제로 한살짜리에서 벗어나지 못한 거였나. 그가 어른 아기라고 표현한 건 이런 의미였을까. 욕지기가 올라왔다. 내가 인지하지 못한 내 모습이 혹시 그랬을까봐 속상해서 눈물이 다 났다. 그랬다면 징그럽다는 그의 표현은 매우 정확한 거였다. 하아, 젠장…… 내 의지로 간직한 게 아닌 물건들. 엄마의 한복 상자. 나를 그렇게 만든 장본인이 엄마인 것만 같아 원망스러웠다. 동시에 그런 게 아니라는 걸 빤히 알면서도 사춘기 때처럼 모든 걸 엄마 탓으로 돌리는 내 꼴이 한심해서 더 화가 났다. 내가 또 엄마 때문이라고 악을 쓰면 엄마는 그래 다 내 탓이다, 하고 돌아서서 깊은 한숨을 쉬겠지. 뭐 그렇게 대단한 사람과 헤어졌다고 엄마를 힘들게 하나. 한동안 홀로 캔맥주를 자주 마시겠지. 괜찮을 것이었다. 그런 사람이 있었지, 하고 곧 흐려질 테니까.

아이러니했다. 아이를 낳고 싶지 않은 내가 쥐고 있는 아기 때의 나. 본가에 있는 건 알았지만 신경 쓰며 살지는 않았다. 엄마 역시 마찬가지일 터였다. 버릴 타이밍을 놓쳐 지금에 이르렀을 거였다. 추억으로 간직했으나 주인은 나였으므로 당신이 함부로 버리기가 저어된 물건들. 너무 오래된 탓이다. 시간의 더께가 쌓이면서 단순한 물건에 의미가 붙어 버리지도 못하는 짐만 되고 말았다. 곧 손주가 태어날 텐데 30년 묵은 아기 물건들을 가지고 있어도 될까. 안 좋은 정령이라도 들었으면 어떡하나. 그냥 버리면 내가 서운해하지는 않을까. 그런 고민 끝에 내게 돌려주는 것으로 결론을 내렸을 것이다. 이제 이것들의 운명은 내 손에 달렸다. 버리거나 버리지 않거나. 그리고 나는 버리는 것으로 결정했다. 그의 불쾌한 망상 때문은 아니었다. 이것들은 이제 수명을 다했다. 엄마에게는 짐이 됐고, 나에게는 더이상 예쁘지 않았다. 흔한 용품들 아닌가.

내가 그동안 사용한 물건들이 비단 이것들뿐일까. 아기 용품이라는 특성 때문에 좀더 애착을 가졌을 테지만, 한때 아기가 아니었던 사람은 아무도 없다. 그들도 사용했을 흔한 물건들일 뿐이었다. 애착 담요를 다섯살 때 뗐다고 했다. 그때 힘들게 뗀 담요를 왜 지금 또다시 들고 있나. 버리는 게 맞았다. 나는 거실에 펼쳐놓은 물건들을 금색 홍삼 보자기에 싸서 잘 묶었다. 그리고 그대로 쓰레기 봉투에 넣었다. 내 물건들보다 더 오래됐을 엄마의 한복 상자도 잘 펴서 다른 폐지들과 함께 묶었다. 내친김에 들고 나가 아파트 공동 쓰레기장에 버렸다. 속이 후련했다. 이제 내가 관심 둘 아기는 내년에 태어날 조카였다. 고모가 옷 한벌은 사줘야지. 걷기 시작하면 야구 점퍼를 입혀서 놀러 다녀야지. 올케언니가 싫어할까. 모르겠다. 그때 가서 생각하자. 나는 엘리베이터 버튼을 누르고 숫자판을 올려다보았다. 그러고는 순간 멈칫했다. 딸랑이는 플라스틱 수거함에 넣었어야 했다. 다시 가서 꺼내야 하나. 에이…… 귀찮다. 마침 엘리베이터 문도 열렸다. 나는 그대로 안으로 들어갔다.

황금 꽃다발

작은놈이 저 아래 버스정류장 근처에서 군밤을 팔고 있다. 꽤 오랫동안 꾸역꾸역 짊어진 우유 대리점을 겨우 넘기고 지난가을부터 시작한 장사였다. 팔자가 그런지 안목이 그런지는 모르겠으나 내 보기에는 끝물 탄 장사에만 자꾸 손을 대는 듯해 여간 걱정되는 게 아니었다. 저놈 성실한 거야 모를 바 아니지만 장사가 어디 그것만으로 될 일인가. 팔순 앞둔 내 눈에도 시대가 보이건만 왜 저놈 눈에는 그런 것이 안 보이는지 모를 일이었다.

"요즘 사람들이 군밤을 사 먹기나 하겠냐? 통 못 봤다."

"군밤 장수들이 다 사라져서 그래. 남들 안 할 때 해야 희소성이 있어서 더 잘돼."

"그러냐……"

과거에 우유 대리점을 지인에게 넘겨받을 때도 비슷한

맥락으로 말했지 싶다.

"요즘은 옛날처럼 우유를 많이 안 먹는다더구먼."

"카페나 제과점 같은 데를 뚫으면 돼. 이런 데는 무조건 우유가 필요하거든."

"……그러냐."

대리점을 할 때는 집에 우유가 상자로 쌓였고, 지금은 밤이 포대로 쌓였다. 우유는 막걸리처럼 사발에 따라 마셔도 줄지 않았고, 밤은 밥에도 넣어보고 반찬으로 조려서 먹어도 줄지 않았다. 우유 상하는 속도와 밤 썩는 속도가 얼마나 빠른지, 냉동고가 전에는 얼린 우유로 가득했고 지금은 얼린 밤으로 가득했다. 대리점 하면서 얼마나 맘고생을 했는지 차라리 노상으로 나앉은 지금이 낯빛은 한결 나아져 그나마 다행이라면 다행이었다. 속 깊은 놈이라 말은 안 해도 지켜보는 어미가 왜 몰랐으랴. 괜찮다, 작아도 빚 없는 내 집 있고, 너나 나나 부침개에 막걸리 하나면 구중궁궐 부러워하지 않는 족속들인데 놀면 어떻고 군밤을 팔면 어떠냐, 그만하면 열심히 살았다. 그랬더니 이놈이 그죠, 하고 가만히 웃는다. 당장은 내 손이 편하니 순한 게 최고인 양 키웠지만, 순하게 참으며 쌓인 게 얼마나 많았을꼬. 제 형 욕심 반이라도 부렸으면 지금처럼 구청 단속반을 피해 다니는 처지는 안 됐으려나. 어미 마음은 이러한데, 큰놈은 아직도 정신을 못 차리는 듯싶다. 도무지 쓸모없는 동생으로만 보는 게 사람 되려면 아직 멀었지 싶다. 큰놈은 대학에서 선생 노릇을 하며 이런저런 글도 쓰면서 먹고산다. 이름도 제법 알려졌는지 드물게 TV에도 얼굴을 내민다. 도무지 선생 할 관상이 아닌데, 학교에서도 모자라 제가 쓴 책으로 밖에서까지 선생 노릇을 한다. 사주에조차 관운이 안 들었는데 참말로 희한타. 선생 팔자가 무에 따로 있느냐 묻는다면, 나는 그렇다고 답하겠다. 본디 선생이란 천생 제가 쌓은 것을 내주는 팔자라 하겠다. 그런데 이놈은 빼앗을지언정 제 것을 오롯이 남에게 줄 놈이 아니다. 그토록 오래 선생 노릇을 하고도 얼굴에 인 하나 박히지 않은 까닭이다. 내 보기에는 남의 자리 훔쳐 앉은 참칭자마냥 어색하다. 나는 내 새끼 키운 것을 두고 공치사를 받을 생각은 없다. 낳았으니 어떻게든 키웠고, 저도 태어났으니 어떻게든 자랐을 테지. 다만, 말마따나 애들 가르치고 글 쓰는 것이 제 천직이라는데, 나는 이놈 키우면서 그런 싹을 전혀 못 봤기에 하는 말이다.

큰놈은 대학생활 중에도 곁으로 무슨 무슨 공부를 자꾸 해야 한다고 해서 영감하고 나는 그래라, 했다. 중간에 잃은 딸년한테 갈 돈이 저놈한테 가나보다 감수했다. 그렇게 4년 지나 대학 마치나보다 했을 때, 이번에는 웬 처자를 데리고 와서는 이미 혼인신고를 한 아내라고 소개했다. 프랑스에서 석박사 과정을 밟을 예정인데, 부부로 함께 절차를 밟기 위해 미리 취한 조치라고 했다. 준비할 것도 많고 그쪽에서 신접살림을 꾸려야 하니 결혼식에 들 비용을 아끼기 위해 사진관에서 예식 사진만 찍었다고. 나보다 먼저 큰놈한테 마음을 비운 영감도 그때는 꽤 역정을 냈었다.

"식을 올리지 않은 게 문제가 아니라, 네 결혼을 미리 알리지 않은 게 문제다."

"한국만 그래요. 다른 나라는 성인 자식이 결혼하는 거 부모가 참견 안 합니다."

"너 다른 나라 놈이냐? 부모한테 혼인을 미리 알리지 않는 나라가 도대체 어디냐? 누가 결혼에 참견한대? 하더라도 예의는 지키라는 말이다. 그래놓고 예식 비용하고 신접 차릴 비용은 현금으로 내놓아라, 하는데 이건 어느 나라 법도냐?"

"유학 준비에 쓰려고 그랬습니다. 결혼 자금을 더 합리적으로 쓰겠다고요."

"당연히 받을 생각이었으니 합리적이지. 그래, 네가 당연하게 생각한 금액이 얼마더냐? 부모가 우스운 거냐, 세상이 우스운 거냐. 너 편한 잣대로만 살면 세상이 널 불편해할 거다. 앞에서 이기고 뒤에서 진다는 말이 무슨 뜻인지 잘 생각해봐라. 하나를 얻고 열을 잃을 놈."

도둑질도 아니고 공부하겠다는 자식을 막을 부모가 어디 있나. 그래도 타국 땅에 맨몸으로 보내는 것이 영 마음에 걸렸는지, 영감은 퇴직금을 중간에 정산해서 떠나는 큰놈 손에 쥐여주었다. 내 저놈 보는 게 마지막일 테니 당신도 없는 놈 셈하고 사시오. 저놈한테 내주는 거 이걸로 끝내란 말이오. 그러고는 남처럼 살다가 큰놈 유학 중에 세상을 떠났고, 큰놈은 남처럼 아비 장례에 참석하지 않았다. 중요한 심사를 앞두고 있다며. 그러고는 마흔이 넘어서야 아내와 딸내미 하나를 데리고 찾아왔었다. 벌써 한참 전에 귀국한 모양인데 와서도 경황이 없어 이제야 집에 왔다고만 했다. 나라에 전쟁이 나서 다리라도 끊겼냐. 무슨 경황으로 살았기에 같은 서울 하늘 아래 길도 못 왔나. 뭐라고 한마디 없으려 해도 어린 손녀가 하도 칭얼

거려서, 그래 이제라도 온 용무나 좀 들어보자 했다. 여차저차 부부가 뭘 좀 꼭 해야 하는데 저 칭얼대는 손녀가 버거운 모양이었다. 말하자면, 아이를 내 집에 맡기거나 내가 출퇴근하듯 제 집을 오가며 돌봐주거나 양자택일을 해줬으면 하는 거였다. 이런 고얀 놈을 봤나. 가라. 내 몸 하나도 힘겨워서 못 본다, 하고 돌려보냈다. 남들 부모 다 해주는 거 당신은 그거 하나 못 해주느냐고 원망하며 돌아서는데 야 이놈아, 너는 남의 자식들이 부모한테 하는 거다 하고 살았더냐. 자식만 부모 미워하냐, 부모도 자식이 밉다. 내가 그 손녀 두번을 봤냐 세번을 봤냐. 태어난 줄도 몰랐다. 나는 자식 밉고 며느리 밉고 손녀 밉다. 속 태우고 화나게 하는 너희, 나는 안 보련다. 그러고 또 몇년을 안 보며 살았다.

어느 날 늦은 저녁, TV 앞에서 꾸벅꾸벅 조는데 작은놈이 깨웠다.

"엄마, TV에 형 나왔어."

"저놈이 뭐라고 저길 나온대?"

"무슨 명사 초청이라는데."

"저놈이 무슨 명산데?"

"······모르지."

작은놈하고 나는 큰놈이 뭐 하는 놈인지 잘 모른다. 무슨 공부로 무슨 박사가 됐는지도 모르고, 무슨 책에 어떤 이야기를 썼는지도 모른다. 무슨 박사라고 말한 적도 없고, 무슨 책을 썼다고 가져온 적도 없다. 들어보니 TV에도 심심찮게 나오는 모양인데 이렇듯 우연히 보는 게 아니면 나온 줄도 모른다. 나보다 먼저 죽을 듯 파리한 꼴로 나와서 어머니는, 어머니가, 해대는데 염병도 그런 염병이 없었다. 제 어미가 이때까지 비행기 한번 안 타본 걸 기가 막히게 잘 포장했다.

"삶의 반경만 보면 매우 좁습니다. 어떻게 보면 늘 그곳에 상주하는 분이셨죠. 그런데 때마다 이곳저곳을 다니는 저보다 당신의 혜안이 더 넓었습니다. 사유란 그런 겁니다. 얼마나 깊게 보는가. 그 깊은 사유를 통해 세상을 읽으셨죠. 저는 감히 흉내도 못 낼 정도로."

작은 삶의 반경 안에서도 무슨 대단한 철학적 사유를 하는, 내가 그런 어머니라고 했다. 저는 미처 볼 수 없는 어떤 아름다움을 보는 사람이라고. 오래 살다보니 별소리를 다 듣는다. 내가 언제 이 동네를 그리 아름다워했더냐. 딱히 갈 곳 없어 살긴 산다만 징그럽다 징그러워. 나도 비행기 타고 너 공부했다는 나라에 가서 고철덩이 탑도 보고 싶고, 남들 다 다녀왔다는 베트남 가서 쌀국수 한번 먹어보고 싶다. 늙은 어미 데리고 외국에서 며칠 지내기가 그리 껄끄럽더냐. 사회자가 교수님 작가님 두 호칭을 섞어 부르는데, 너 뭐 가르치고 뭐 쓰는 놈이냐. 내가 너에 대해 이토록 아는 게 없는데, 너는 내가 모르는 나까지 무척 잘 아는구나. 고얀 놈.

"잠 온다. 꺼라."

나이 먹는다고 저절로 사람이 되는 게 아니었다. '분이셨죠'? 방송에서 나에 대해 한 얘기는 산 사람이 아니라 죽은 사람에 대한 회고였다. 제 바로 밑으로 태어나 이른 나이에 떠난 누이와 아버지는 실제 죽었으니 개의치 않는 것 같았고, 작은놈은 언급하지 않는 것으로 존재를 없앴고, 나는 과거 모습만 언급함으로써 지금의 나를 죽였다. 우리가 너한테 쌀이라도 한말 팔아주라더냐. 우리 따위가 네 가족인 게 그토록 부끄럽더냐. 물론 우리의 평범함이 네놈에게는 남루함이겠다. 내 살날 얼마나 남았나. 어차피 안 보며 사는데 죽은 채 살아주는 게 뭐 어렵겠냐만, 참 지랄도 풍년이다. 영감이 유언처럼 해댄 말이 아니라도 내가 괘씸해서 그날로 큰놈에게 마음을 접어버렸다.

벌써 봄바람이 부는데 군밤이 좀 팔리려나. 작은놈은 겨울에도 잘 안 팔린 겨울 군것질거리를 여전히 붙들고 있다. 할 게 없고 장비 값 아까우니 그냥저냥 나서는 모양새다. 집 안을 대충 치우고 집을 나섰다. 가서 한번 살펴보고 영 아니다 싶으면 과일 행상으로라도 바꿔보라고 할 참이었다. 이 봄에 맛난 과일이 얼마나 많이 나오나. 초등학교 담을 타고 걷는데 해가 부쩍 길어진 게 느껴졌다. 담을 덮은 담쟁이 틈에 나팔꽃 몇개가 피었다. 누가 일부러 심지는 않았을 테니 저 혼자 나고 자란 들꽃일 터였다. 큰놈은 내가 들꽃을 보면 새삼 감동하는 어미라고 했다. 그런 어미를 갖고 싶은 모양인데 허이고 참, 지가 밭일을 안 해봐서 하는 말이지, 밭매다 들꽃을 발견하면 호미 던지고 어머나 할 줄 아느냐. 저녁에 매고 새벽에 나왔는데 또 다시 고개 빳빳하게 들고 있으면 야, 야, 눈물이 난다. 징글맞은 밭일에 내 팔자 서러워 눈물이 난다. 길에서 보면 콱 밟아버려야 속이라도 진정된단 말이다. 나도 잘 가꾼 꽃집 꽃이 예쁘다. 귀하게 키워 예쁜 포장지에 싸서 파는 그런 꽃이 예쁘다. 저기 성급하게 피어나 꽃이 먼저냐 잎이 먼저냐 하는 노란 개나리 줘도 안 받는단 말이다. 너희 아버지 서울에 직장 얻어 밭일 벗어난 지 오래건만 들꽃만 보면 아직도 손톱 끝이 아리다. 너한테는 들꽃이 시라더냐. 나한테는 뽑아내야 할 고된 잡초다. 산 어미 죽은 취급하고 도무지 누군지 모를 작자를 나라고 표현하니 기가 찰 노릇이다. 어미 죽으라고 기원하는 것이냐. 그런데 나는 아직 사지육신이 멀쩡하니 좀더 살아야겠다. 불쌍하게 죽은 딸년을 위해 좀더 치성을 올려야겠고, 저기 저놈, 쓸데없이 순둥순둥하게 자라 혼자 늙어버린 작은놈, 저놈 불쌍해서 나는 아직 죽지 못하겠다. 내 귀한 막내놈. 슬슬 다가가면서 보니 작은놈이 가방 행상 아낙과 군밤 수레 뒤에서 저녁을 먹고 있다. 식사가 막 배달됐는지 비빔밥을 이제 섞는다.

"저녁 먹냐?"

"엄마 식사했어? 나올 줄 알았으면 같이 시킬걸."

"먹고 나오는 길이다. 먹어라, 식는다."

큰놈은 또래보다 키가 컸지만 먹여도 살이 안 붙어 비쩍 말랐었다. 딸을 급성 폐렴으로 잃고 비실비실한 큰놈까지 잃을까봐 애간장을 태우며 키웠다. 그런데 돌이켜보면 큰 병 한번 앓지 않고 컸다. 체질이 그런 놈이었는데 무슨 지랄이라고 애지중지했는지 모른다. 이놈, 막내. 형

하나에 누나 하나를 두고 태어났다. 새침한 누나는 너무 일찍 죽어 누나 정을 못 받았고, 비실비실 잘난 형은 오히려 이놈 손을 타며 컸다. 어려서부터 형 수발에 집안 잡일은 온통 이놈 차지였다. 형 인물 반만 덜어서 줬으면. 형 머리 반만 덜어서 줬으면. 그 못된 이기심이라도 닮았더라면 제 실속은 챙기며 살았을 터인데. 이제 와 결혼이 힘들면 도시락 싸서 꽃놀이 갈 여자친구라도 있었으면 좋겠건마는. 쉰 넘을 동안 뭐 하다 이 좋은 봄날 길바닥에서 밥을 먹고 있나.

"할머니 같이 좀 드실래요?"

"됐어, 둘이 먹어요. 가는 길에 잠깐 들렀어. 그만 가보리다."

과일 행상 얘기는 꺼내지도 못하고 발길을 돌렸다. 군밤 수레를 끌고 꾸역꾸역 나오는 게 아무래도 저 아낙 때문인가 싶은 마음도 들었다. 길이면 어떻고 집이면 어떠한가. 머리 맞대고 밥 먹을 처자가 있는 게 어딘가. 그러면 됐지. 피식 웃음이 났다.

그럭저럭 한시름 놓고 지냈다. 그런데 한번은 작은놈이 구청 단속반을 피해 숨었다가 다시 장사판을 열지 않고 그냥 집으로 와버렸다. 그런 일이 처음은 아니지만 이날은 영 심상치가 않아 보였다.

"엄마, 우리 고향에 내려갈까?"

"할머니 돌아가시면서 다 정리했는데, 인제 가서 뭐하게?"

"축사 지어서 돼지나 치면서 살지 뭐."

"돼지 값이 괜찮은가?"

"팔지 말고 우리가 먹자. 잘 키워서 우리가 먹자고."

힘들었구나. 오죽했으면 어릴 때 떠나온 고향을 다 찾을까. 물론 할머니가 살아계실 때까지는 일손을 보태러 자주 내려갔었다. 이놈 저놈 해도 할머니 손을 가장 많이 탄 막내였으니, 할머니 살아계셨던 고향이 누구보다 남다르기는 할 것이었다. 툭 하면 내려갔던 곳. 어미가 몰랐을 성싶으냐. 쉬고 싶을 때마다 일부러 갔다는 걸. 그래, 가자. 여기에 무슨 미련이 있어서 더 남겠느냐.

"가자. 이 집 팔면 땅 한마지기 못 사겠냐. 돼지를 키우든 농사를 짓든 해라."

"대리점 넘길 때 남긴 돈 있어."

"이 집 네 거야. 네 맘대로 써. 그쪽에다 뭘 사든지 꼭 네 이름으로 하고."

우리는 미련 없이 서울 생활을 정리했다. 얼마 만에 귀향인가. 집을 구하는 것은 어렵지 않았다. 작은놈이 먼저 내려가 빈집을 장만하고 말끔하게 손도 봐두었다. 쓰던 빗자루까지 알뜰하게 챙겨 고향으로 내려가니 이삿날부터 반가운 얼굴들이 찾아왔다. 참으로 신기한 것이 나도 모르는 큰놈 소식을 고향 사람들이 더 잘 알고 있다는 거였다. 출세한 큰놈 덕에 금의환향하는구나. 심신이 지쳐서 왔다는 것보다야 나았지만, 큰놈 덕에 땅 사고 집 사는 줄로 아는 건 못내 속상했다.

"막내가 형님 덕에 얼굴이 훤하다."

"예, 덕분에 흑돼지 쳐서 먹으려고요."

"이놈아, 아무리 형님 덕에 팔자가 펴도 그렇지, 재벌이여? 지가 처먹으려고 치게? 잡아먹을 생각이면 닭이나 몇 놈 쳐. 먹을 돼지는 축협에 많아."

이삿짐은 작은놈을 거드는 이웃과 이삿짐센터 직원 덕에 금세 날랐다. 살림을 구석구석 살피는 건 찬찬히 해도 됐다. 당장은 반갑게 달려온 이웃들 응대가 먼저였다.

"애, 너 정미 엄마구나?"

"형님은 어째 하나도 안 늙으셨대요. 서울 물이 좋긴 좋나보네."

"물은 고향 물이 최고지. 너도 곱게 잘 늙었다. 아직도 오미자 물에 세수하냐?"

"이 형님 기억력도 좋아. 누가 좋대서 몇번 해본 걸 다 기억하네. 인제는 안 하지. 그나저나 쟤는 집 볼 때도 내내 혼자 오더만, 마누라 없는가봐?"

"없지."

"거기서도 장가가기 힘들지?"

"힘들지……"

옆집 사람하고도 인사하지 않는 도시에 살다가 언덕 너머의 일도 내 집 일처럼 참견하는 동네로 오니 그제야 고향에 내려온 게 실감 났다. 동네를 한바퀴 둘러봤다. 참 많이 바뀌었다 싶다가도 여전한 건 여전하구나 싶었다. 동네 앞으로 고속화도로도 생겼고, 몇몇 농가 주택은 여느 도시 주택 못지않게 세련됐지만, 옛 모습 그대로 낡아 흉물이 된 빈집도 더러 있었다. 저 집이 아마 소 기르는 집이었지. 전에 우리가 살던 집터에는 공동 곡물창고가 들어섰다. 저기가 아무래도 밥은 굶기지 않는 터인 모양이었다. 짐이 다 꾸려지고 자리가 잡히면 나는 먼저 장독대에 공을 들일 참이다. 메주를 사다가 간장도 내리고 보리된장과 보리고추장도 좀 해야겠다. 산바람 좋고 볕이 좋아 예로부터 장맛 좋기로 유명한 동네였다. 나보다 젊은 나이에 죽은 시어머니. 내가 당신이 냈던 맛을 내려나 모르겠다. 가뭇한 기억으로나마 흉내라도 내볼 셈이었다.

적응하려 애쓸 필요도 없었다. 눈 감고 뜨기를 몇번 하니 여기가 내 집이지 편했다. 귀농으로 한 농사 지어보겠다는 심사도 아니었다. 우리는 지쳐서 내려왔다. 물론 여기 왔다고 없던 기운이 대번에 솟는 건 아니었다. 그저 돌아왔다는 안도감으로 푹 쉬고 싶었다. 작은놈도 힘에 부치지 않는 소일거리로 시간을 보냈다. 돼지 쳐서 먹겠다는 소망은 결국 이루지 못했고, 과수원 일이나 밭일에 손을 보탰다. 작은 땅뙈기라도 신중하게 사야 했다. 농부가 되려면 그에 맞는 땅을 사야 하고, 읍내에서 일자리를 알아보려면 나나 제가 쉬엄쉬엄 가꿀 텃밭용 작은 땅이면 됐다. 나야 이제는 호미 들 기운도 없으니 텃밭 일마저 작은놈 차지가 될 게 빤했다. 시골 텃밭이라는 게 마당에 상추나 심는 수준이 아니므로 굳이 욕심낼 생각도 없었다. 상추 심으면 갓 심고 싶고, 갓 심으면 열무 심고 싶고, 그러다보면 김장 무에서 배추까지 끝이 없다. 둘이 얼마나 먹겠다고. 공판장 잘돼 있고 오일장도 때마다 열리는데 텃밭 흙에 다시 손대고 싶지도 않았다.

"텃밭 필요 없으니 너 하고 싶은 일 해라."

"엄마 안 서운해?"

"뭘 서운해. 나 농사지으러 온 거 아니다."

가을 수확 끝나고 동네가 한갓졌다. 작은놈 읍내 출입이 잦은 걸 보니 그쪽에 가게 자리라도 알아보는 모양이다. 하고 싶은 일을 하자니 돈이 부족하고, 부족한 돈에 맞춰 나온 일은 마음이 끌리지 않는 것이다. 벌써 이놈도 쉰을 넘겼으니 일자리 구하기도 힘들었다. 이장댁 사촌 형님이 비닐봉지 공장을 운영하는데 자리 나면 알려주겠다는 약속만 받아둔 참이었다.

"서두르지 마라. 그 정도 예상도 안 하고 내려왔냐."

"장 설 때 군밤이라도 팔아봐야겠어."

"장비를 안 팔고 챙겨왔어?"

"사겠다는 사람이 있어야지."

"차라리 잘됐다. 장날에는 안 심심하겠구먼."

5일마다 나가는 장사지만 하루 매출만 보면 서울에서보다 나았다. 시골이라고 집에서 군불 때서 밤 구워 먹는 거 아니니 장에 나온 김에 심심풀이로 사 먹었고, 각지에서 장 구경 온 사람들은 시골장 운치인 듯 사서 먹었다.

이날 필요한 만큼만 밤을 떼서 사용하니 냉동고에 얼리는 밤도 확실히 적었다.

"이렇게 살아도 재밌네. 군밤 팔면서 좋은 가게 나올 때까지 찬찬히 기다려라. 서두른다고 좋은 가게 안 나온다."

"죄 문 닫는 가게만 있지 새로 여는 가게가 없어. 뭐가 잘될지 감이 안 와."

"배짱 좋게 한 1년 쉰다고 생각해. 그만큼 부지런히 살았으면 그래도 된다."

부지런히 살았다고 해서 돈도 부지런히 모인 것은 아니나, 어미가 자식놈 산 세월을 알아주지 않으면 누가 알아주겠나. 큰놈은 안식년이라고 몇년마다 쉬더만, 작은놈이라고 그리 못할 건 뭐란 말인가. 너도 쉬어라. 새끼가 어미 옆에서 쉬는 게 무슨 흉이더냐. 푹 쉬거라.

그리고 첫 겨울을 맞았다. 올해는 눈이 참 많이 내렸다. 간밤에도 장독 뚜껑 위로 높이 쌓일 만큼 함박눈이 내렸다. 작은놈이 마당을 가로질러 눈을 치우고 길을 냈다. 일을 사서 하는 놈인지라 대문 밖에까지 애써 눈을 쓸어냈다.

"뭐 하러 거기까지 치우냐. 추운데 들어와라."

내 말에도 묵묵히 눈을 치우더니, 세상에 그 길로 큰놈이 어느 처자와 함께 나타났다. 작은놈이 눈을 싹 쓸어낸 담벼락 옆에 빨간 외제차를 세워두고, 마당에 낸 길을 타고 안으로 들어오는 게 아닌가. 어디 잡지사 기자 양반이라는데 등에 멘 가방이 어찌나 큰지, 인사는 차치하고 가방 먼저 대청마루에 내려놓으라고 했다. 말 그대로 그냥 들이닥친 모양새였으나 자식놈 앞세워 왔으니 잘 오셨소, 하고 찻상을 준비했다. 독집에서 항아리 살 때 같이 사서 아직 쓰지 않고 모셔둔 찻잔도 꺼냈다. 찻잔에 생강차를 채워 상을 내오니, 기자 양반이 찻잔 옆에 붉은 고추 몇개를 놓고 사진부터 찍는다. 사랑방 메주와 눈 쌓인 장독대, 하얀 마당에 반듯하게 난 길, 이런 게 뭐라고 바지런히 카메라에 담았다. 내 집을 아니, 작은놈 집을 큰놈에게 허락받고 당당하게 누볐다. 그러는 동안 큰놈에게 물었다.

"무슨 일이냐. 왜 남의 집 사진을 저렇게 찍고 난리냐?"

"제가 연말에 상을 하나 탔는데, 어머니하고 얘기 좀 나누고 겸사겸사 본가 촬영도 하고 싶다고 해서요."

"본가? 처음 와봐도 본가는 본가지. 너도 저 양반 따라다니면서 본가 구경 좀 해라? 대체 여기가 어떤지 알고 기자를 데리고 왔냐? 아니, 이사 온 건 어찌 알았대?"

"……막내가 말해줬어요. 때마다 사진도 찍어서 보내

췄고요. 오늘 온다고 말했는데, 못 들으셨어요? 얘가 정신이 있는 거야 없는 거야."

아이고 속없는 놈. 좋은 소리도 못 들으면서 형은 왜 저리도 챙기나. 큰놈 온다고 하면 내가 자리를 피할까봐 말하지 않았을 거였다. 아침 댓바람부터 마당을 싹싹 쓸더니 다 이유가 있었구먼. 썩을 놈…… 그래, 너는 그동안 전화 한번 없더니 고작 사진 때문에 온 거였더냐. 내가 큰놈한테 타박 좀 하려니 기자 양반이 선수 친다.

"교수님, 본가 배경으로 몇 컷 찍을게요."

그 말에 나는 대문 쪽으로 발길을 돌렸다. 어머님도 함께 하시면…… 하고 기자 양반이 말했는데, 못 들은 척 대문 밖으로 나와버렸다. 이웃 몇이 대문 주위로 몰렸다. 못 보던 외제차가 동네에 들어왔으니 궁금했던 모양이다.

"큰애 아녀? 쟤도 인제 얼굴에 나이가 뵈네. 저 아가씨는 사진사여?"

"기자라네. 뭔 상을 받았나봐."

"출세한 놈이 다르긴 다르네. 외제차 타고 기자 데리고 다니는 게 아무나 할 일이 아니지. 인물은 TV로 보는 것보다 낫다."

"쟤가 인물은 좋았지. 뽀얀 게 어디 시골 애 같았어?"

"우리 정미년은 쟤나 붙잡을 것이지 콧대만 세우다 딴 놈이 채갔네."

"솔직히 그때는 영 비실비실해서 사내 노릇이나 제대로 하겠나 했지 뭐. 오죽했으면 저 아래 딸부잣집에서도 혀를 찼을까. 하하하!"

"우리 형님 뒤로 넘어가는 소리들 한다. 동네 처자들이 쟤 눈에 들어왔겠어?"

남의 속도 모르고 못 보던 구경거리에 다들 신나서 떠들었다.

"시끄러워! 방해하지 말고 얼른들 가."

겨우 물러나기는 했으나 누구네 집으로 몰려가 또 한 바탕 떠들어댈 터였다. 출세한 큰놈 덕에 우리가 아주 신선놀음하듯 산다고 믿는 이들이었다. 벌써 큰놈이 있는 대학에 손써서 손녀 하나 넣어달라고 하는 할멈이 있을 정도다. 이번에는 기자까지 끌고 왔으니 또 어떤 말도 안 되는 청탁이 들어올까. 자식 맞는 게 이토록 고역일 수가 있나. 그저 한숨만 나왔다.

기자 양반이 집 안을 구석구석 카메라에 담고 나를 찾았다. 이제 끝났으려니 하는 마음에 인사차 마당으로 들어섰다. 그런데 찻상이 놓인 대청마루에서 나와 큰놈의 인터뷰를 하겠다고 한다. 기자 양반이 찻상에 작은 녹음기를 틀어놓고 같이 앉았다.

"집이 작가님한테 들은 것보다 더 운치 있고 예뻐요. 사진 찍으면서 이런 데서 자라야 작가가 되는구나, 했다니까요."

"눈에 많이 덮여서 그래 보이나봐요."

"작가님 TV에 나오시는 건 잘 챙겨 보시나요?"

"나오면 보기야 하지요."

"그러면 혹시 명사 특강에 나오신 건 보셨나요? 주제가 어머님이었는데."

"……본 것 같네요."

"그 방송을 계기로 쓴 단편이 우수작으로 선정됐잖아요. 소감이 어떠세요?"

"자식이 상 받으면야 좋지요, 뭐……"

"저는 방송에서도 그렇고 소설에서도 그렇고, 국수 얘기가 제일 와닿았어요. 사실 저는 그런 가난을 경험하지는 않았지만, 국수로 상징되는 가난이 너무 먹먹하더라고요."

참나…… 큰놈이 말한 동치미국수는 가난해서 밥 대신 먹은 게 아니었다. 일종의 별식이었다. 특히 입 짧은 저놈이 그나마 잘 먹어서 일부러 해서 먹였다. 그걸 어떻게 가난으로 바꿔치기하나. 소설이야 읽지 않아서 모르겠지만, 방송에서 저놈이 그랬다. 돌아보니 끔찍한 가난이었다고. 야 이놈아, 당장 나가서 동네 사람들한테 물어봐라, 우리가 그렇게 가난했었는지. 우리는 우리 땅이 있었다. 이모작을 내도 쌓이는 재산은 없었지만, 배는 굶지 않았다. 그때는 안 굶는 것이 잘사는 거였다. 밥만 먹여줘도 자식을 일꾼으로 내주는 집이 허다했다. 집안일 한번 하지 않고 때맞춰 학교나 다녔던 놈이, 허이고 기도 안 찬다. 자식들 학교는 도시로 보낼 만큼은 산 집이었단 말이다. 어머니는 허기진 배로 호미를 들고, 너는 허기진 배로 연필을 들었다고 했냐. 먹으라고 해도 안 처먹던 놈이 누구더냐. 장손이라 하여 특히 귀하게 자란 놈 입에서 나올 소리냐. 네가 이 시골에서 나이키 운동화를 가장 먼저 신은 놈이다. 그때도 네 동생은 시장에서 산 삼천원짜리 운동화를 신었다. 서울로 막 상경했을 때는, 그래 좀 힘들었다. 그렇다고 고향 떠나온 누구네처럼 판잣집에서 살았냐 산동네에서 살았냐. 사글셋방이라도 멀쩡한 동네에서 방 두칸에 부엌 있는 집에서 살았다. 딸년은 고향에서 벌써 죽어 미처 학교를 마칠 수 없었고, 작은놈은 공부를 못해서 대학을 못 갔다. 재수도 시켜봤으나 작은놈 머리로는 무리였다. 가혹한 가난으로 너만 겨우 대학 공부를 시킨 게 아니란 말이다. 말해봐라, 이놈아. 말마따나 그 지경의 집이었다고 하자. 그렇다고 네놈이 대학 가서 흔한 아르바이트를 해봤냐, 죽도록 공부해서 장학금을 받아봤냐. 돈 들어오면 적금처럼 네놈 학비부터 떼어놓는 게 먼저였다. 그런 우리를 어떻게 가난 때문에 자식의 학업을 뒷전으로 미룬 부모로 만들 수가 있느냔 말이다. 네가 결혼식도 못 올린 아내와 빈손으로 유학길을 떠나? 너 그러면 못쓴다. 아버지 퇴직금 말고도 내가 뒤로 챙겨준 돈이 얼마더냐. 국가 장학금으로 겨우겨우 버텼다고? 이건 또 무슨 소리냐. 학비 모자란다고 해서 중간에 보내준 돈은 뭐냔 말이다. 아버지한테는 말도 못하고, 내가 가진 거에 네 동생 돈 싹싹 모아서 보낸 게 한두번이냐. 네 동생이 너희 부부 공부시켰다고 이놈아. 그래도 국수로 끼니를 때우던 서울 생활보다 낭만 있고 행복했어? 단언컨대 쌀 살 돈이 없어서 국수를 먹인 적은 단 한번도 없었다. 고향에서 매년 포대로 쌀을 보내줘서 남은 쌀로 떡을 해 먹었다. 회사 잘 다녔던 아버지는 무능한 하루 삯 노동자로 만들고, 어머니는 푼돈 받아 생활하느라 국수만 해 먹인 사람으로 만든 저의가 뭐냐 도대체. 오호라, 그래야 너희 부부가 빈손으로 유학을 떠났다는 거짓말이 올곧이 들리겠구나. 내가 동치미국수에 둥둥 뜬 얼음을 씹으며 서러워했던 게 지금까지 마음에 남았다고? 시원하니 맛만 좋더라, 이놈아!

"어머님은 작가님 작품 중에 어떤 게 가장 마음에 드세요?"

"자식 중 누가 제일 예쁘냐는 질문처럼 어렵네요."

"그렇죠, 제가 너무 당연한 질문을 했나봐요. 분위기를 살짝 바꿔볼게요. SNS 보면 작가님 잘생기셨다는 댓글이 엄청 많아요. 도대체 언제부터 잘생기셨던 거예요?"

"태몽 때부터 예쁘더이다. 지금은 덮어서 없어졌는데, 저기 도로 밑으로 개울이 있었어요. 꿈에 내가 개울에서 빨래하는데 저 위에서 꽃다발이 둥둥 떠내려오더란 말입니다. 그래 내가 얼른 잡아서 품에 꼭 안고 왔는데, 우리 어머님이 그래요. 너 그 황금 꽃다발 어디서 났니? 그래서 다시 보니까 이게 황금 꽃다발이었지요. 그러고 깼습니다."

"어머! 꽃다발 꿈도 아들 태몽이군요. 근사하네요."

실은, 우리 고추밭에 유독 붉은 고추가 있기에 얼른 따서 치마 속에 넣고 온 꿈을 꾸고 큰놈이 태어났다. 열에 아홉이 꾼다는 흔해빠진 태몽이었다. 황금 꽃다발 태몽의

주인은 따로 있다. 그게 뭐 큰놈에게 중요하랴. 어차피 저도 온갖 거짓말로 먹고사는 주제에. 질문이 큰놈에게로 넘어갔다. 이번에 상을 탔다던 「국수」라는 작품이 내게 바치는 헌사라고 했나보다. 독자들과 평단의 반응이 아주 뜨거웠다고. 내게 바치는 헌사를 나만 모르게 바쳤다.

"늘 죄송한 마음을 담담하게 옮긴 거였는데, 저 같은 자식이 많았던 모양입니다."

"소설 읽고 저는 어머님이 돌아가신 줄 알았어요. 명백한 오독인데, 담담한 문장이 주는 여운이 오히려 더 절실해서 그랬던 것 같아요."

소설도 그랬구먼. 그날 우연히 본 방송에서도 그랬지. 마치 내가 죽은 것처럼. 죽은 아버지가 들어도 기가 찰 말을 산 어미 앞에서 지껄이는 건 무슨 심보냐. 거짓이 진실보다 그럴듯해 이제는 나까지 헷갈린다. 얼굴빛 하나 변하지 않고 술술 늘어놓는 네 거짓에, 내가 혹여 치매인가 염려될 지경이다. 피곤하다. 그만 가라. 내 피곤은 큰놈보다 기자 양반이 먼저 눈치챘다. 서둘러 인터뷰를 마치고 자리를 정리했다.

"어머님, 오늘 고생하셨어요. 작가님하고 사진 찍고 끝낼게요."

큰놈이 성인이 된 뒤로 둘이 사진을 찍은 적이 있었나. 아마 처음이자 마지막일 거였다. 그렇게 찍은 사진은 정리되는 대로 큰놈 편으로 보내겠다고 했다. 알겠다, 하고 대문까지 배웅했다. 다시 커다란 가방을 멘 기자 양반과 큰놈이 붉은 외제차에 올라탔다. 기자도 참 힘들겠구먼. 이곳까지 큰놈을 데리고 달려와 다시 그만큼 달려서 돌아가야 했다. 손 하나 까딱하지 않는 놈. 팔자로만 보기에는 참 못나고 못됐다. 아들이니 대문간에 소금은 안 뿌리겠다만 네가 꼭 그런 사람인 줄은 알아라.

"막내야, 막내야! 어디 갔어, 이놈아!"

내 호통에 작은놈이 뒤꼍에서 나온다.

"넌 무슨 죄를 지었다고 내내 숨어 있어?"

"……사랑방에 불 좀 세게 놨어."

"왜?"

"혹시 형 쉬고 갈까 해서."

"쟤가 메주 띄운 방에서 쉬겠니?"

"불 좀 살짝 빼야겠네."

"됐다. 우리라도 뜨끈한 방에서 동치미국수나 먹자. 굵은 놈 하나 꺼내 와라."

"형도 좋아하는데 아까 좀 해주지……"

"……하이고, 너는 속도 없냐?"

"형이잖아……"

국수를 삶는데 속이 아렸다. 어린 누이의 죽음을 아직도 가슴에 둔 놈이었다. 저런 형이라도 누이처럼 떠나지만 않으면 좋은 놈이었다. 늘 비실비실하고 맥없던 형. 늘 조마조마한 형. 저놈한테는 그런 형이었다. 아닌 건 아니라고 아무리 일러줘도 소용없었다. 내가 떠나면 이놈 혼자 서러운 괄시를 견뎌야 했다. 그래서 나는 못 떠난다. 이놈이 불쌍해서.

"국수 다 됐다! 방 아직 뜨겁냐?"

"장판 녹을 만큼 뜨거워!"

"찜질방이구먼. 가져가라!"

작은놈이 신나서 부엌으로 달려온다. 나보다 더 동치미 국수를 좋아하는 놈이다. 아기 때부터 내가 부엌에서 말아 먹으면 참새처럼 주둥이를 벌려 오물오물 받아먹었다. 너 알지? 그 황금 꽃다발 태몽이 네 꿈이라는 거. 네 형도 잘 알 거다. 내가 배 속에 있을 때부터 예뻐했던 놈이 바로 너였다는 걸. 내가 폭 안은 황금 꽃다발. 많이 먹어라. 속이 시원해질 때까지. 많이 먹고 오래오래 살아라. 네가 가지고 태어난 수명에서 하루도 모자라지 않게.

뼛조각

나의 왼쪽 무릎의 작은 뼛조각은 중학생 때 우연히 알
게 됐다. 축구하다가 상대편 발에 밟혀 발목을 접질렸다.
발목인대 파열. 이때 내가 무릎까지 못 움직이며 엄살을
피운 바람에 집 근처 병원에서 함께 검진하다가 알게 된
거였다. 둥근 무릎뼈 옆의 작은 뼛조각이 엑스레이를 통
해 발견됐다. 나와 아버지 눈에는 뼈가 부서진 걸로 보였
지만 의사는 뼈가 부서질 정도의 외상이 없고, 형태상 부
서져서 떨어진 걸로도 보이지 않으며, 무릎이 아픈 건 근
육이 살짝 놀라서 그럴 것이다, 하고 우리를 안심시켰다.
그런데도 우리는 의구심을 떨치지 못했는데, 그렇게 별일
이 아니면 왜 큰 병원에서 정밀검사를 받아보는 게 낫겠
다며 소견서를 써준단 말인가. 그 때문에 내가 겁먹을까
봐 둘러댄 말이라고 생각했었다. 여하튼, 그런 연유로 대

학병원으로 옮겨 꽤 복잡한 검사를 받았고, 결과가 나오기까지는 얼마간의 시간이 있었다. 그리고 그동안 엄살 피웠던 무릎의 통증도 싹 사라졌다. 어쩌면 나는 이때라도 이실직고했어야 했다. 하지만 그러기엔 이미 중환자로서의 편익을 너무 누리고 있었다. 얼마나 쉬운 세상인가. 아픈데 어떻게 치워요! 버스 타고 못 간다고요! 이런 게 먹히니 나는 점점 시건방져갔고, 아버지를 하찮게 대하기까지 했다. 결과를 듣기 위해 대학병원으로 가는 순간까지도 비좁은 자리에 인상을 썼더랬다. 나의 불편한 기색을 알아차린 아버지가 보조석 레버를 당겨 뒤로 쭉 밀어줬는데, 지금 생각해도 낯 뜨거운 말을 내뱉고 말았다.

"아! 그렇게 확 밀면 어떡해요! 에이 씨…… 차나 바꾸던가."

나의 이러한 작태는 병원 방문과 함께 끝났다. 검사 결과는 이분 슬개골. 선천적 유합 부전. 즉 뼈를 형성하는 세포들이 무릎 관절에 하나의 뼈로 발달했어야 하는데, 그때 미처 모아지지 못한 세포들이 별개의 뼛조각으로 남은 것이다. 무릎뼈가 두개로 나뉜, 쉽게 말하면 다쳐서 그런 게 아니라 애초부터 그렇게 생겨먹은 무릎이라는 뜻이었다. 그것 말고는 특이사항이 없는데도 잠시 무릎이 아팠던 건, 앞선 의사의 진단처럼 근육이 놀라서 그랬을 거라고. 하지만 그건 벌써 나았을 거라며 의사가 내 무릎을 꾹꾹 눌렀다.

"괜찮지?"

빌어먹을. 질문이 잘못됐다. 아직도 아프니?라고 물었다면 어땠을까. 그랬다면 이제는 좀 참을 만하다며 내 엄살을 조금이나마 포장할 수 있었다. 그러나 의사는 내 상태를 확신하고 있었다. 게다가 나는 의사에게까지 꾀병을 부리는 대담한 아이는 못 됐으므로 아버지가 볼세라 고개만 살짝 끄덕였다. 아버지가 물었다.

"이런 경우가 흔한가요?"

"흔한 건 아니고 이런 무릎도 있다, 하는 정도죠. 이런 무릎은 염증이나 부종이 생길 가능성이 높으니까, 신경은 좀 쓰는 게 좋습니다. 수원이는 아직 성장기라서 앞으로 붙을 수도 있고요. 지켜보죠. 안 붙더라도 큰 문제는 없을 거예요."

"신경을 쓰라는 건 어떤 뜻인지요? 주기적으로 뭘 해야 하나요?"

"그게 아니라 적당히 무리하지 말라는 뜻이에요. 소홀

히 해도 안 되겠지만, 심각하게 신경 쓰면서 살 필요도 없어요. 그러면 정신 건강에 더 나빠요."

진료실을 나올 때, 나는 들어올 때처럼 여전히 무릎을 뻣뻣하게 편 채 걸어 나왔다. 나는 처음부터 발목이 아파서 그렇게 걸은 듯 굴었고, 별일도 아닌데 대학병원까지 온 건 순전히 아버지 탓이라는 표정으로 뒷모습을 슬쩍 흘기기까지 했다. 그러고는 그동안의 작태를 어떻게 변명할지 새로운 핑곗거리를 찾아 서둘러 고심했더랬다. 그러나 아버지의 반응은 생각보다 허무했다.

"선천적이었네, 덧니처럼. 그럼 됐다. 가자."

스물아홉. 이때까지 이 뼛조각과 관련한 진짜 통증은 고등학생 때 단 한번뿐이었다. 농구를 꽤 즐겼던 무렵인데 뼛조각 근처에 염증이 발생했다. 그래봤자 주사와 약으로 쉽게 치료됐다. 무릎을 무리하게 쓰지 말라는 의사의 당부와 함께. 아버지는 그 상황을 칫솔이 잘 닿지 않는 덧니를 소홀히 관리해 생긴 충치로 비유했었다. 그러니 신경을 좀더 쓰라고. 그러려니 하고 살았다. 어딘들 무리하게 사용하면 탈 나지 않을까. 나는 아마 중학생 때의 내가 무척 부끄러웠던 모양이다. MRI. 현대 의학기술이 나의 엄살을 조목조목 밝혀내리라고는 꿈에도 모른 채 너무 방자했다. 발목 부상만으로도 그럭저럭 아픈 아들의 편익을 누릴 수 있었는데, 멀쩡한 무릎까지 엄살을 피워 중환자로 행세했다. 내 몸 아픈 걸로 떤 위세. 그 바람에 실제로 다친 발목마저 제대로 주목 받지 못했다. 중학생 때의 부끄러운 엄살을 고등학생이 되고서도 부릴 수는 없었다. 약 먹었니? 병원에서는 뭐래? 이제 괜찮대요…… 그때부터였을 것이다. 나는 어딘가 아파도 실제 고통을 그대로 반영한 표현을 스스로 피했다. 어쩌면 많이 아픈 게 아닐 수도 있다고. 소란 피워봐야 결국 또 아무것도 아닐 수 있다고.

*

그저 무용지물인 뼛조각. 그런데 이것에도 쓸모가 생겼다. 처음이자 마지막이 될 단 한번의 기회. 비정한 직장에 백기 들고 나가는 모양새도 싫었고, 그런 곳을 계속 다니는 것도 비참했다. 서로 얼굴 붉히지 않고 그만둘 수 있는 상황이 필요했다. 그런 차에 뼛조각이 신호를 보냈다. 채용 전환형 인턴 2년 차. 듣기 싫은 말들이 점점 들려왔다. 보통은 6개월에서 1년 안에 전환되지 않나? 정부 보조금으로만 써먹고 버리겠다는 수작 같다. 알아서 나가라는 거지. 그런 말을 들을 때마다 나는 러닝머신을 달렸다. 나는 저 '보통'의 범주에 속하지 않는 인간 같아서. 내가 왜 속하지 않는지 서글퍼서. 24시간 개방하는 헬스장에서 새벽 내내 달리고는 했다. 하필 이맘때 주어진 업무가 시장조사였더랬다. 밤에도 달리고 낮에도 달렸다. 회사에 불만은 있어도 아직 인턴이었으므로 그저 충성하겠다는 자세로 열심히 뛰었다. 그러면서 조사가 막바지에 이르렀고 몇 곳만 더 돌면 최종 보고서를 완성할 수 있었다. 어쩌면 이것이 전환을 위한 마지막 관문일지도 모른다는 기대가 있었다. 그런데 현장으로 가는 도중 무릎에 통증이 도졌다. 아! 얼마 전부터 찌릿찌릿 아파서 타이레놀을 미리 챙겨 먹었는데 이때는 효과가 전혀 없었다. 무릎 통증이 골반까지 뻗치는 것만 같았다. 이대로는 더 걷기조차 어려웠다. 나는 주변을 살피고 마침 얼마 떨어지지 않은 곳에 있는 정형외과로 곧장 들어갔다.

"아픈 지는 얼마나 됐어요?"

"……일주일쯤 된 것 같습니다."

내가 이분 슬개골에 대해 가볍게 말하고, 과거에도 염증 치료를 받은 적이 있다고 알렸다. 의사가 염증이 의심되나 엑스레이상으로는 확인되지 않으니, 정기검진 차원으로 대학병원에서 한번 더 검사 받아볼 것을 권유했다. 새삼 놀라지도 않았다. 근래에 무리를 좀 했을 뿐이니까. 나는 알겠다고 하고 주사를 맞고 처방전을 받아 병원을 나왔다.

주사도 맞고 약국에서 약을 받자마자 먹었는데도 걷기 힘들 만큼 통증이 심했다. 이 상태로 현장 방문은 무리여서 나는 그만 회사로 복귀했다. 1층 엘리베이터 앞에서 송부장을 만났다. 그의 평가에 따라 나의 전환이 결정된다. 나는 최대한 바르게 서서 인사했다.

"안녕하십니까."

"어디 다녀와요?"

"시장 조사 다녀왔습니다."

"아, 그래 그거. 그걸 여태 하고 있었구먼."

"확인차 몇 곳만 더 돌고 마무리하겠습니다."

"아니 그걸 왜 발로 뛰어다니면서 고생을 해. 차트 못 봐요?"

내가 뭐라고 대답하기도 전에 지하에서 엘리베이터가 도착했다. 송부장이 먼저 탔다. 나도 뒤따라 타는 순간 무릎에서 찌릿한 통증이 울렸다. 그러면서 다리를 절고 말았다.

"왜 그래요? 어디 아파요?"

"아뇨, 괜찮습니다. 발을 헛디뎠습니다."

나는 애써 아픔을 참으며 숫자 버튼을 누르려고 했다. 5층. 그러나 이미 송부장이 버튼을 누른 뒤였다. 나는 살짝 물러섰다. 왜 울컥했을까. 송부장은 자신이 가야 할 곳의 버튼을 누른 것뿐이다. 나도 함께 가는 곳. 아이러니했다. 만일 내가 정직원이었다면 부하직원이 버튼을 누를 때까지 기다리는 상사가 아니꼬웠을 터였다. 그런데 이때는 내가 그런 부하 취급도 못 받는 존재 같아 그만 울컥한 것이다. 나는 우연히 함께 탄 익명의 누군가인 듯이. 엘리베이터가 5층에서 멈추고 송부장이 내렸다. 수고하세요, 라는 형식적인 말 한마디 없었다. 이곳에서 나는 내 무릎의 작은 뼛조각처럼 존재는 하나 아무것도 아닌 인물이었다. 고의적 배제. 발로 뛰는 현장 조사를 지시한 것도 일부러 나를 회사 밖으로 돌리려던 사수의 계략이 아니었을까. 입사 때의 환대는 내 착각이었나. 나의 외근을 전혀 궁금해하지 않는 사람들. 나는 그들 사이를 힘겹게 걸어 내 자리로 갔다. 그리고 퇴근하자마자 집으로 돌아와 정밀검사를 받기 위해 전에 다녔던 대학병원에 온라인으로 예약했다. 예약일은 약 두달 뒤였다.

*

앞서 방문한 병원의 처치 덕에 무릎이 많이 호전돼 두달가량을 그럭저럭 잘 지냈다. 그동안에 시장 조사를 마치고 보고서도 올렸다. 그러나 전환 통보는 받지 못했다. 시장 조사는 전환의 마지막 관문이 아니었다. 그래도 인턴이니 뭐라도 하라고 시킨 일일 뿐이었다. 별수 없이 인턴 주제에 병가를 내고 대학병원을 방문했더랬다. 두달을 기다려서 받은 검사였고, 또 한달쯤 기다린 뒤에야 비로소 결과를 알 수 있었다. MRI 결과 뼛조각 부근에서 염증 반응이 나타났다. 의사는 염증의 원인을 뼛조각보다는 나의 무리한 사용에 뒀다. 말하자면, 쟤는 가만히 있는데 내가 마구 사용해서 긁어 부스럼을 냈다는 투였다.

"무리하지 말고 신경을 좀 써야 한다니까요."

"살면서 어떻게 무리 한번 안 하겠어요."

조금은 신경질적으로 말했는데, 내가 좀 예민했던 모양이었다. 주사 놓고 처방전 써드릴게요, 하면 끝날 이따위

질병을 두고 왜 신경전을 벌이는지, 의사의 목소리에서 짜증이 느껴졌기 때문이었다. 나는 왜 아파서 온 병원에서도 하찮은 취급을 받는가. 욱하고 뭔가가 올라왔다.

"이거 그냥 빼낼 순 없을까요?"

"수술해도 큰 차이는 없을 거예요. 혹시 무슨 운동 해요?"

"……아마추어지만…… 많이 달립니다."

" 운동을 하셨구나…… 그러면 신경이 쓰이겠네요."

그 상황에서는 저렇게 말할 수밖에 없었다. 실제로 나는 밤마다 구간 마라톤을 달리는 심정으로 뛰었으니까. 의사가 그제야 내 무릎에 좀더 관심을 뒀다.

"솔직히 일반적인 경우면 수술을 권하지 않는데, 운동선수라면 고려는 해봅니다. 몸을 쓰는 양이 일반인하고 다르니까요. 그런데 이건 알고 있어야 해요. 수술한다고 해서 무릎의 모든 문제가 해결되는 건 아닙니다. 딱 저 뼛조각 문제만 사라지는 거예요. 아시겠죠?"

"……네에. 힘든 수술인가요?"

"간단해요. 30분이면 끝나요."

30분. 고작 30분이면 끝날 문제를 이토록 오래 품고 있었다니. 그것도 모자라 평생 신경 쓰면서 살 뻔하지 않았

나. 그동안의 심리적 고통과 실제 통증을 시간으로 계산하면 과연 얼마나 될까. 그러면서 나는 지금이 바로 이 뼛조각을 사용할 적기임을 깨달았다. 수술. 이 카드를 잘 사용하면 쓸쓸한 뒷모습을 보이지 않고 회사를 나올 수 있었으며, 변변치 못해서가 아니라 질병으로 인해 퇴사한 아들로 아버지 얼굴을 볼 수 있었다. 쓸모없던 뼛조각에 단 한번 주어진 쓸모였다.

"수술하겠습니다."

"네. 그러면 나가셔서 일정 잡으면 됩니다."

"예에. 근데 아무리 간단한 수술이라도 바로 걷긴 힘들겠죠?"

"다음 날부터 걸어 다녀요."

"아아……"

진료실을 나와 곧장 수술 일정을 잡았다. 수술이 가능한 날짜는 그때로부터 또 두달 뒤였다. 이 정도면 어떤 중병도 기다리다가 자연치유될 것만 같았다. 놀라운 것은 2박 3일 입원을 요하는 수술이라는 점이었다. 간단한 수술이라는 말에 당연히 당일 수술로 예상했었다. 세상에 입원이라니. 그리고 이어지는 간호사의 말은 내 귀를 의

심토록 했다. 척추마취.

"간단한 수술에도 그런 마취를 하나요?"

"생각하시는 것처럼 간단한 수술이 아니에요."

기가 찼다. 간단하다고 한 건 내가 아니라 이 병원 의사였다.

"목발은 밖에서 사 와도 되고, 그냥 병원에서 사도 돼요."

목발? 아니, 다음 날 바로 걷는다면서요…… 이번 역시 뭔가가 또 잘못됐다. 내가 쓰는 머리는 왜 늘 이 모양인가. 어릴 적에는 괜한 엄살로 시답잖은 뼛조각을 발견하더니, 이번에는 잔꾀로 수술을 밀어붙였다가 입원을 요하는 중증 환자가 되고 말았다. 간호사가 마지막으로 입원 안내서와 문진표를 내게 내밀었다.

"이건 미리 작성해서 오셔야 해요. 간병인 1인은 필수입니다."

"……네에."

자포자기였다. 이렇게 된 이상 끝장을 볼 수밖에 없었다. 보라고, 엄살이 아니라고, 나 이래 봬도 꽤 중증 환자라고. 고요한 듯 북적북적한 정형외과 대기실에서 겉으로는 내가 가장 말짱해 보였지만, 나는 입원 수술을 예약한 환자로서 당당하게 병원을 걸어 나왔다.

수술을 결정한 다음 날 나는 드디어 사직서를 냈다.

"그래요…… 지병이니까 산재는 아닌 겁니다? 별 뜻은 아니고, 막말로 여기가 무릎이 나갈 정도로 뛰어다니는 데는 아니잖아. 그죠?"

"……네."

부끄럽지만 나는 그때까지도 전환 소식을 기대했었다. 만약 전환 발령이 났다면 웬 사직서? 그깟 뼛조각 따위 무시하고 업무로 복귀했을 터였다. 그러나 그런 일은 벌어지지 않았다. 나는 아무것도 아닌 채 들어가 아무것도 아닌 채 나왔을 뿐이다. 이제는 아버지에게 퇴직과 수술 소식을 알려야 했다. 나는 우선 수술 얘기부터 꺼냈다. 그동안 문제가 좀 있었는데 그저 진통제로만 버텼노라고. 그 바람에 수술까지 하게 됐노라고.

"그게 결국 문제가 됐구나…… 회사에는 뭐라고 했어?"

"……퇴사했어요."

"……곧 전환되지 않니?"

"……수술 경과가 어떻게 될지 몰라서 그만뒀어요."

"……수술이 언제라고?"

"두 달 뒤요. 2박 3일 입원해서 수술한대요."

"당일이 아니고? 어쩌다 그 지경이 됐니 그래……"

아버지가 상상하는 내 상태는 아마 꽤 중증일 것이었다. 그런데도 차마 간단한 수술이라고 안심시킬 수가 없었다. 내 처지가 그랬다. 큰 문제 없는 뼛조각을 사용해야 할 만큼 초라했다.

*

입원 당일. 입원 준비물을 챙겨 집에서 대기하다 병실이 났다는 연락을 받고서야 병원으로 출발했다. 도착 뒤 입원 절차를 밟고 병동으로 가기 전에 입원 안내사를 먼저 만났다. 그에게 미리 작성해 온 문진표를 내고, 2박 3일간 지내면서 참고해야 할 몇가지 수칙을 들었다. 간병 보호자는 한명으로 제한되며 면회는 일절 금지였다. 입원 병동으로 올라가면 간호사가 보호자에게 팔찌를 채워주는데, 그때부터는 병원 밖으로 나갈 수 없다고 못 박았다. 친절하기는 하나 중간에 끼어들 틈 없이 안내사항을 풀어놓던 안내사가 마지막으로 궁금한 것이 있는지 물었다. 아버지가 가만히 물었다.

"주차비는 어떻게 되나요? 계속 둬도 됩니까?"

"입원하고 퇴원 날은 무료고요, 중간 날은 하루에 만원입니다. 퇴원하실 때 주차 관리소에서 할인 받으세요."

"예에."

"더 궁금한 거 있으세요? 없으시면 바로 병실로 올라가시면 됩니다."

우리는 주섬주섬 짐을 챙겨 안내소를 나왔다. 병원이 넓어서 입원 절차를 밟는 곳과 입원 안내소와 병동을 오가기 위해 광폭 지그재그 행보를 해야 했다. 나야 아직 멀쩡해서 망정이지, 심각한 병으로 입원하게 된 다른 환자들은 병실에 도착하기도 전에 숨이 넘어갈 것만 같았다. 저런 내용을 굳이 안내사를 만나서 들어야 하나. 병동 간호사가 말해줘도 10분도 채 안 걸릴 내용이었다. 세세한 업무 분담이 환자가 아니라 병원 측 편의로 구성된 게 아닌지 의심되는 대목이었다. 그리고 이 의심은 정형외과 병동 앞에서 다시 한번 불거졌다. 출입구가 미닫이 유리문으로 되어 있었는데, 출입증이 있어야만 열리는지 열림 버튼을 눌러도 꿈쩍하지 않았다. 유리문 너머로 프런트에 앉아 있는 간호사 몇이 보였으나 노크가 들릴 거리가 아니었다. 입원하러 온 환자가 굳게 닫힌 문 앞에서 꿈쩍도 못하는 실정이었다. 혹시 벨이 있지 않을까 싶어 살펴던

중, 누군가 팔에 찬 팔찌를 벽에 달린 리더기에 갖다 댔다. 인증되었습니다. 기계음과 동시에 문이 열렸다. 혹시 저 팔찌가 조금 전 안내사가 말한 그 팔찌인가. 간호사가 채워준다는. 만일 그렇다면 입원을 확인한 안내사가 먼저 채워줘도 됐을 일 아닌가. 그랬다면 문 앞에서 뻘쭘하게 서성이는 일은 없었을 거였다. 어쨌든 문이 열렸고 그 틈에 우리도 서둘러 들어갔다. 그리고 한 간호사 앞에 섰다.

"내일 수술 때문에 입원하러 왔습니다."

"환자분 성함이 어떻게 되세요?"

"김수원입니다."

"보호자분은요?"

"김범호요."

"보호자분 손목 좀 내밀어주세요."

아버지가 소매를 올려 손목을 보였고, 간호사가 바코드가 찍힌 분홍색 팔찌를 아버지 팔목에 채웠다. 역시 입원 안내사가 말한, 조금 전 벽에 달린 리더기에 갖다 댄 누군가의 것과 같은 팔찌였다. 문진표를 내고 안내사항을 들을 때 채워줬으면 좀 좋았나. 이 팔찌로 열고 들어가세요. 이게 더 자연스럽지 않나. 열쇠를 밖에서 받아서 들어가야지 어떻게 들어와서 받나. 귀찮은 팔찌 업무를 두고 기

싸움을 하다가 결국 간호사실이 떠안게 된 걸지도 모른다. 우리는 입실 절차를 마치고 간호사를 따라 5인 병실로 갔다. 병실 양쪽 벽을 타고 병상이 오른쪽으로 셋, 왼쪽으로 둘 있었다. 왼쪽엔 병상 하나가 적은 대신 화장실이 있었다. 내가 사용할 병상은 오른쪽 첫번째 구석 자리였다.

"환자분 옷 갈아입으시고요, 보호자분은 세면실 이용 시간 꼭 지켜주세요. 식사 신청하시면 여섯시에 나올 거고요, 일곱시에 혈액 검사 있으니까 어디 가시지 말고 대기해주세요."

딱히 물어볼 건 없었지만, 간호사 역시 안내소 직원처럼 중간에 끼어들 틈 없이 안내사항을 죽 나열하고 병실을 나갔다.

환자용 침대와 보호자용 간이침대, 패딩 점퍼 하나 겨우 들어갈 폭의 길쭉한 옷장, 옷장을 받치고 있는 작은 냉장고. 이것이 내 병상의 전부였다. 그리고 이 모든 걸 하얀 장막 커튼이 에워싸고 있다. 옷가게 탈의실 같기도 했다. 병실엔 이런 병상이 모두 다섯개가 있었다. 병상마다 커튼이 꼭꼭 닫혀 있어 다른 환자들의 모습은 확인할 수 없었다. 다만 커튼이 방음에는 취약했으므로 들려오는 소리로 분위기는 대략 유추할 수 있었다. 나의 옆 병상 환자는 내내 뉴스를 시청했다. 그 때문에 우리는 그의 병상 TV를 라디오처럼 들어야 했다. 전국에 한파주의보가 발령됐다는 소식이 들려왔다. 초가을에 진료를 시작해 해를 넘기고 한겨울의 한파 속에서 드디어 내 무릎의 뼛조각을 빼내는 것이었다. 내가 환자복으로 갈아입는 동안 아버지가 짐을 풀었다. 짐을 푼다고 해봐야 내가 사용할 슬리퍼와 아버지가 사용할 담요 하나를 꺼내뒀을 뿐이었다. 병상이 원체 좁아 세면용품 같은 작은 것들마저 짐가방에 둔 채 써야 하는 실정이었다. 그러고 나니 할 일이 없었다. 오후 네시. 식사와 혈액 검사까지는 아직 여유가 있었다. 게다가 염증 치료를 벌써 마친 현재의 나는 환자복을 입은 그냥 건강한 남자였다. 그 상태로 좁은 병상에 아버지와 함께 있으려니 민망하고 어색했다.

"아버지, 지하에 편의시설하고 식당가 있는데 구경 갈까요?"

"……너 뭐 병캉스 왔냐?"

말은 그래도 아버지 역시 심심했는지 옷장에서 내 점퍼를 꺼내주었다. 나는 점퍼를 들고 커튼 밖으로 나와 병실을 살폈다. 그러나 들어올 때와 똑같이 모든 병상이 꼭 꼭 닫힌 커튼에 가려져 있었다. 다른 환자들은 어떤 병을 앓고 있을까. 궁금했으나 별 소득 없이 그대로 병실을 나왔다. 그런 뒤 프런트로 다가가 간호사에게 물었다.

"편의점에 다녀오려는데, 혹시 먹으면 안 되는 게 있을까요?"

"성함이……"

"김수원입니다."

간호사가 빠른 타자로 내 기록을 살폈다.

"열두시부터 금식이네요. 그 안에는 뭐든 드셔도 괜찮아요."

"네에, 금식을…… 하네요. 감사합니다."

금식이라. 갑자기 중압감이 몰려왔다. 정녕 간단한 수술이 맞는 것인가. 지금이라도 환자복을 벗고 집으로 가야 하나. 어쩐지 무거운 마음에 아버지를 흘긋 보았다. 아버지가 팔목에 찬 팔찌를 매만지고 있었다. 그러고는 간호사에게 팔찌를 보이며 물었다.

"이거 방수됩니까?"

"네. 혹시 씻으시다 끊어지면 교체해드릴게요."

아버지가 뒷짐 지고 출입구로 걸어갔다. 팔목에 찬 방수되는 분홍색 팔찌가 도드라졌다. 아버지가 이제껏 분홍색 팔찌를 찬 때가 또 있었을까. 얼핏 놀이동산 팔찌처럼 보이기도 했다. 병캉스 분위기는 온전히 저 팔찌가 만든 듯싶었다. 우리가 병동 출입구 앞으로 가자 스륵 문이 열렸다. 안쪽은 센서가 달려 팔찌 확인 절차 없이 자동으로 열렸다. 그리고 우리가 나가면서 열린 문으로 우리처럼 닫힌 문 앞에서 서성이던 어느 환자와 보호자가 병동으로 들어갔다.

"팔찌를 안내사가 채워주는 게 낫지 않을까요?"

"끊어먹는 사람이 많은가보지. 그때마다 저 아래까지 다녀오겠니."

"그럼 끊어졌을 때만 간호사가 다시 해주면 되잖아요."

"같은 일은 한 곳으로 모으는 거다."

"……"

지하에는 제법 볼거리가 많았다. 병동과 병동을 연결하는 통로 벽에는 멋진 유화가 전시됐고, 통행을 방해하지 않는 선에서 조성된 화단도 근사하게 이어졌다. 화단 사이사이에 놓인 벤치에서 누군가는 커피를 누군가는 햄버거를 먹었다. 수액을 매단 채 지지대에 의지해 천천히 걷는 노인. 부모가 밀어주는 휠체어에 앉아 인형을 갖고 노는 아이. 늘어선 매장과 북적북적한 분위기는 여느 콘도의 지하 몰과 크게 다르지 않았다. 다른 점이라면 소리가 거의 소거된 듯 정숙한 분위기와 사람들의 표정이 그리 밝지 않다는 거였다. 그럼에도 지하 몰은 제 역할에 충실했는데, 제과점에서는 빵 냄새가 편의점에서는 군고구마 냄새가 주변을 달콤하게 만들었다. 아버지가 잠깐 의료기기 판매장 앞에 섰다.

"필요한 거 있으세요?"

"너 전에 목발 얘기 안 했냐?"

"다음 날부터 걷는대요. 조심해서 다니죠 뭐. 저기가 전에 맛있다고 한 단팥빵 파는 데예요. 온 김에 몇개 사세요."

제과점에서 아버지가 단팥빵과 크림빵을, 내가 마늘 바게트와 페이스트리를 몇개 골랐다. 계산대 직원이 빠르게 계산하며 종이가방에 빵을 담았다.

"포인트 적립해드릴까요?"

"네. 전화번호로 되죠?"

"포인트 적립되셨고요, 카드는 거기에 꽂으시면 됩니다."

내가 계산대에서 살짝 비켜섰다. 아버지가 나를 바라보았다.

"……아까 소지품을 다 가방에 넣어둬서요."

아버지가 점퍼 안주머니에서 지갑을 꺼내 카드를 뽑았다.

"영수증 드릴까요?"

"너 필요하면 받아 가라."

아버지가 리더기에서 카드를 뽑아 들고 먼저 제과점을 나갔다. 나는 직원에게 영수증은 필요 없다고 손짓으로 말하고 얼른 아버지를 뒤따랐다. 이제 물과 음료수를 사야 했다. 편의점에서 아버지는 내게 묻지도 않고 생수와 캔 커피를 각각 두개씩 꺼내 들었다. 그러고는 계산 대기 줄 맨 뒤에 섰다.

"아버지, 편의점 고구마는 겨울에밖에 못 먹어요."

"너 겨울 나고 퇴원하니?"

"……"

"기계가 좋아 보이네, 몇개 가져와봐."

내가 민첩하게 걸어가 군고구마를 챙기고, 바나나 우유 두개도 함께 가져왔다.

"……우유는 이따가 빵하고 같이 드시라고요."

"……잘했다."

편의점에서도 어쩔 수 없이 아버지가 계산했다. 대신 짐

만큼은 아직 멀쩡한 내가 들었다. 아버지는 뒷짐 지고 앞서 걷고, 환자복을 입은 내가 빵 가방과 편의점 봉투를 들고 뒤에서 걸었다. 그 모습만 보면 아버지가 참 고약한 노인네처럼 보였는데, 나중에는 아버지도 주변을 의식했는지 빵 가방은 자신이 들겠다고 했다. 그렇다고 또 넙죽 건네주기는 뭐해서 내가 괜찮다고 했다. 순간 아버지가 조금 빠른 걸음으로 나와 떨어져 에스컬레이터를 탔는데, 내가 곧 따라잡아 아버지 뒤 계단에 바짝 붙어 섰다. 환자복을 입고 먹을 걸 바리바리 든 내 모습이 어쩐지 병캉스를 즐기는 가짜 환자 같아 괜히 머쓱했다. 뒤에서 내가 물었다.

"아버지는 왜 식사 신청 안 했어요? 이따가 이걸로 저녁 드실 거예요?"

"……"

아버지가 대답 없이 에스컬레이터에서 내렸다.

*

나의 병캉스는 혈액 검사를 받으면서 끝났다. 채혈을 위해 손목 혈관에 꽂은 주삿바늘을 채혈 뒤에도 그대로 둔 까닭이었다. 이 바늘은 나중에 수액과 연결한다고 했다. 그러니 현재는 바늘만 꽂혔을 뿐 그 어떤 장치도 아직 내 몸에 연결되지 않았다. 그럼에도 혈관 주삿바늘의 효과는 대단했다. 우선 아버지 시선에서 병캉스라는 농담기가 사라졌다. 나 또한 함부로 움직이지 못했는데, 왜인지는 모르겠으나 저절로 그렇게 됐다. 바나나 우유를 집으면서도 괜히 깜짝 놀랐다.

"아프냐?"

"아니, 아프지는 않은데, 아플 뻔한 것 같아요……"

"그…… 뭐…… 힘주면 아무래도 아프겠지."

아버지는 저녁 식사를 빵과 고구마로 해결하고, 내가 남긴 대구탕 국물을 숭늉처럼 훌훌 마셨다. 그리고 간병인의 임무를 수행했다. 내가 먹은 식판을 다용도실에 가져다 놓고, 간호사가 준 무릎 보호대를 옷장에 잘 챙겨뒀다. 그런 일이 힘에 부치는 건 아닐 테지만 어쩌면 그래서 더 죄송했다. 그쯤은 내가 충분히 할 수 있었음에도 아버지가 당신 일인 듯 해치웠다. 차라리 간병인을 쓸 걸 그랬나. 아버지가 오겠다고 했어도 만류해야 했다. 그런데 또 전문 간병인을 쓰는 듯한 어느 병상의 소리를 들으면 마음이 달라졌다.

"불편하세요? 베개 살짝 대드릴까요? 얼음 팩 가져올

게요."

낯선 사람과 어떻게 2박 3일을 보내나. 아버지께 죄송
하면서도 아버지여서 다행인 이유였다.

시간이 자정에 가까워졌다. 수술은 다음 날 세시. 장장
열두시간이 넘는 공복을 버텨야 했다. 나는 간이침대에서
잠든 아버지가 깨지 않도록 살포시 종이가방을 들었다.
그 속에서 이때쯤 먹으려고 챙겨둔 군고구마 봉투를 꺼냈
다. 든든하기로는 탄수화물이 최고지. 그렇게 나는 한밤
에 군고구마를 먹으며 옆 병상에서 틀어놓은 뉴스를 들었
다. 추위가 주말이나 돼야 풀린다고. 그 안에 눈 소식이 있
으니 차량 운전이나 외부 활동에 각별한 주의를 하라고.
나는 차도 없고 외부 활동이란 걸 할 게 없는데…… 뉴스
의 염려를 고려하지 않아도 되는 삶을 살고 있으면서 그
게 갑자기 왜 그렇게 서글픈지 몰랐다. 잘 구워져 부드럽
게 넘어간 고구마가 명치에서 꽉 막혔다. 물 종류는 냉장
고에 있고, 냉장고 문 앞에는 아버지가 누워 있었다. 할 수
없이 아버지를 깨워야 했다.

"아버지, 아버지……"

"응? 왜?"

"물 좀 주세요……"

아버지가 내 침상에 펼쳐진 모습을 보고는 간이침대를 드르륵 빼내고 냉장고에서 생수를 꺼냈다. 나는 생수를 냉큼 받아 마시며 명치에 걸린 고구마를 꾹 밀어냈다.

"……열두시가 다 돼서요."

"몇분 더 남았네. 마저 먹어."

아버지가 간이침대를 도로 당겨놓고 양반다리를 하고 앉았다. 얼마 뒤면 간호사가 올 예정이어서 다시 눕지는 않았다. 내가 고구마를 마저 먹어치우자 아버지가 병상을 정리했다. 쓰레기는 침대 아래 휴지통에 버리고, 빈 생수병과 캔은 다용도실 분리수거함에 버리고 왔다. 병상을 치우는 아버지 손길에서 오랫동안 식당을 운영한 사람의 관록이 엿보였다. 뒤에 올 손님을 위해 서둘러 테이블을 정리하듯 아버지가 병상을 말끔하게 치운 것이다. 그리고 간호사가 예약 손님처럼 열두시 5분 전에 주사용품이 실린 카트를 끌고 왔다.

"김수원님, 수액주사 있습니다."

간호사가 저녁 무렵에 채혈하고 그대로 둔 바늘에 수액을 연결했다.

"불편한 데 없으시죠?"

"네."

간호사가 수액이 떨어지는 속도를 확인하고는 몇 걸음 물러나 병상 커튼을 착 닫았다. 우리는 다시 커튼 안에 갇혔다. 그때 커튼 밖에서 어느 보호자가 간호사에게 물었다.

"저기요, 우리 양반이 열두시가 지났는데도 그대로예요. 아까⋯⋯"

"저는 주사실 직원이에요. 밖에 있는 간호사분한테 말씀해보세요."

곧 주사실 직원이 카트를 끌고 병실을 나가는 소리가 이어졌다. 조금 뒤 대각선 창가 병상에서 격앙된 보호자의 목소리가 들렸다.

"주사실 직원은 뭐야? 저 치들은 간호사 아닌가? 아니 진짜 이놈의 병원은 뭐가 이렇게 복잡해. 사람 말을 그렇게 끊어? 그러면 잠깐 지켜보자고 한 인간은 누구야? 왜 여태 안 와!"

"아아아 ── 아아아 ──"

"내가 갔다 올게."

그러고는 병실 밖 복도에서 누군가의 따귀를 때리는 것처럼 신경질적인 슬리퍼 소리가 울렸다. 짝짝짝! 짝짝 짝짝! 간호사 선생, 나 좀 봐요!

*

다음 날 새벽 여섯시. 주치의가 찾아와 내 상태를 점검했다. 수술 예정 시간 오후 세시. 한시 반부터 준비. 간밤에 먹어둔 야식이 새벽부터 신호를 보내 수액을 매단 채 화장실에 다녀왔다. 괜히 무리하게 챙겨 먹었다가 오히려 전에 먹은 것들까지 싹 비워낸 것처럼 배가 허전했다.

"배탈 난 거 아니지? 컨디션이 좋아야 수술도 잘된다."

"아니에요, 괜찮아요."

그러고는 또 뉴스 청취. 간밤의 단전 사태로 난방을 못 해 추위에 떨어야 했던 어느 아파트의 주민들, 수도관이 동파돼 물을 사용할 수 없는 가구 등 한파에 의한 사건 사고가 집중 보도됐다.

"난방을 전기로 하는 아파트도 있나봐요."

"……보일러를 전기로 돌리지."

"……아, 식당에 안 나가봐도 되겠어요?"

"실장이 알아서 해."

"한파라 배달기사가 잡힐지 모르겠네요."

"봐서 눈까지 오면 주문 막으라고 해야겠다."

태연한 척했으나 나는 무척 긴장하고 있었다. 간단하다

고 한 수술답지 않게 과정이 너무 엄중했다. 첫 검진과 입원 전 중간 검진, 그리고 입원 당일에까지 총 세번이나 받은 혈액 검사부터 소변 검사와 방사선 촬영, 열두시간이 넘는 금식까지. 게다가 이름부터 위압적인 척추마취가 기다리고 있었다. 하반신 전체가 마취된다는 사실 자체가 나는 보통 일이 아닌 것 같았다. 이건 분명 간단한 수술이 아닐 거라고, 의사와 일반인의 언어가 달라 이 사달이 난 거라고, 나는 무척 겁을 먹고 있었다. 그리고 수술실 직원이 나를 데려갈 수술용 침상을 끌고 왔을 때 나의 불안은 최고치에 이르렀다. 아직은 내 발로 충분히 걸어갈 수 있음에도 꼼짝없이 침상에 누워 수술실로 이동한 것이다. 이러한데 어찌 간단한 수술이라는 말을 철석같이 믿을 수 있을까. 지난한 내 엄살의 인과응보인가. 그런 생각이 드니 차라리 후련하기도 했다. 이제 다 끝났다. 30분. 그 정도도 못 견딜까. 이제 뼛조각은 무(無)의 상태가 될 터였다. 모든 걸 떠안고 사라질 것이었다. 아버지가 수술실 앞까지 함께 왔다.

"아버지 요 앞에 있을게."

"네……"

나는 척추마취제와 함께 약간의 수면제를 투약 받았다. 척추마취는 내가 걱정한 만큼 못 견딜 정도로 고통스럽진 않았다. 차라리 염증 치료할 때 맞은 엉덩이 주사가 더 아픈 것 같았다. 다만 굵은 주삿바늘이 내 척추를 뚫고 들어올 때 내 안의 무언가도 함께 찔렸다는 게 문제였다. 이 뼛조각이 사는 데 별 지장이 없다는 건 기실 내가 가장 잘 알고 있었다. 그 어떤 이물감조차 없는, 그것은 실로 없는 거나 마찬가지였다. 그런데도 나는 이렇게 수술대에 누워 있다. 왜. 나는 어쩌면 어릴 적 엄살을 여전히 변명하는 중인지도 모른다. 진짜 아팠어요. 이렇게 수술할 만큼 아팠다고요. 그때의 엄살에 마땅한 구실을 얻고자 끝내 이런 선택까지 한 건 아닐는지. 과연 이렇게까지 할 일이었던가. 철없던 어릴 적 순수한 엄살에서 멈췄어야 했다. 성인의 엄살에는 궁색한 계산이 들어 있다. 그렇게 긴장 안 해도 돼요. 금방 끝나요. 괜한 억측일까. 수술 부위를 노려보는 집도의의 표정은 이 수술로 내 무릎을 고치는 게 아니라, 이 수술로 아버지를 내 엄살의 굴레에서 벗어나게 해줄 작정인 듯했다. 무릎은 멀쩡했으므로. 아버지는 이것으로 근심할 이유가 전혀 없었으므로. 주무시면 안 됩니다. 네. 지금 이 의사는 내가 아니라 아버지의 근심을 수술하고 있다. 내 엄살의 싹을 뿌리까지 뽑아내는 것이었다. 내가 뭘 그렇게 잘못했어요. 어리광 한번 피운 거잖아요. 알아요, 아버지 힘든 거. 그래서 그때 딱 한번 그래봤잖아요…… 잘못했어요. 회복실로 이동할게요. 끝났구나. 나는 그만 눈을 감았다. 김수원씨 자꾸 주무시면 안 돼요. 안 잔다고요. 그럴 거면 수면제는 왜 처방했는데요. 잠으로 인한 실랑이는 회복실에서도 이어졌다. 김수원씨, 일어나보세요. 안 잡니다. 그러다 나를 다시 병실로 데려다줄 직원에 의해 겨우 그곳을 빠져나왔다. 직원이 아버지를 찾았다.

"김수원씨 보호자분!"

아버지가 수술실 옆 보호자 대기실에서 곧장 나왔다. 막상 수술은 30분도 채 걸리지 않았으나 준비와 회복 과정이 길어 수술실로 들어간 지 두어시간 만에 나온 참이었다. 아버지가 침대 난간을 잡고 말했다.

"고생했다."

"……"

스르륵 눈이 감겼다. 그새 또 못된 버릇이 나와버렸다. 나는 지금 대답할 기력도 없을 만큼 힘들다고, 눈 감은 채 아버지에게 어필하고 있는 것이었다.

병실로 돌아와 제법 깊은 잠을 잔 것 같다. 검진 온 주치의 목소리에 눈을 떴는데 그제야 자고 난 뒤의 나른함이 느껴졌다. 주치의가 수술은 잘됐고, 그뒤에 어떤 조치를 했으며, 필요하면 어떤 처치를 더 해주겠다, 대략 이런 내용을 빠르게 말했다.

"김수원씨, 어때요, 괜찮죠?"

"네에……"

내가 만나는 의사들은 왜 늘 저런 식인가. 저 확신에 찬 의사의 질문에 어느 환자가 아니라고 할 수 있겠는가. 저 단호한 질문 하나로 나는 수술을 받고도 괜찮은 환자가 되고 말았다. 옆에서 듣던 아버지가 조심스레 질문했다.

"제거한 뼈는 크기가 얼마나 됐나요?"

"1.5센티미터쯤 됩니다."

"……혹시 그쪽이 푹 파이거나 하지는 않겠죠?"

"그렇지는 않아요. 수술 흉터는 좀 남을 겁니다. 한 5센티미터 정도."

"예에. 얘 이제 뭐 좀 먹여도 될까요?"

"그럼요, 먹고 싶은 거 다 먹어도 돼요."

의사가 호쾌하게 말하고 병실을 나갔다.

"흉터야 뭐, 수술만 잘됐으면 됐지."

나는 1.5센티미터짜리 뼛조각을 빼내고 5센티미터의 흉터를 얻었다. 그깟 뼛조각 빼내면 그만이라고 생각했는데 눈에 띄는 흉터 때문에 더 자주 언급될지도 몰랐다. 누가 돌연 흉터에 관해 물으면 뭐라고 해야 할까. 이 흉터를 볼 때마다 나는, 또 아버지는 무슨 생각이 들까. 나는 분명 아버지가 상상하는 어떤 염려에 기생해 마치 그 염려가 사실인 양 행동할 거였다. 그렇지 않으면 아버지를 볼 면목이 없을 테니까.

아직 마취 기운이 남아서인지, 수액과 함께 투약되는 진통제 때문인지, 수술 통증은 견딜 만했다. 식사를 위해 몸을 일으킬 때도 크게 힘들지 않았다. 금식 중에 먹은 거라곤 이른 아침에 간호사가 가져다준 탄수화물 음료가 전부여서 몹시 배가 고팠다. 나는 수액주사가 꽂힌 팔로도 여느 때처럼 잘 먹었다. 보통 때는 잘 먹지 않는 취나물마저 듬뿍 집어 먹을 만큼 식욕이 좋았다. 그때였다. 대각선 창가 병상에서 심상치 않은 소리가 났다.

"아아아…… 아아아아……"

"내가 뭐래. 혼자 안 된다니까. 얼른 갔다 올게."

그렇게 서둘러 나간 보호자가 남자 간호사와 함께 돌아왔다.

"초음파로 잠깐 보겠습니다."

"이 양반이 자꾸 혼자 해보겠다고 고집을 부리는 통에……"

"너무 많이 찼네요. 바로 빼드리겠습니다."

말이 끝나기가 무섭게 환자용 소변기에 부딪히는 강력한 소변 소리가 병실에 울렸다. 이 소리가 섬뜩한 건 자발적이 아닌 어떤 인공적인 힘으로 쏟아내는 급작스러운 굉음처럼 들렸기 때문이었다. 간호사가 전립선 어쩌고 했는데, 소변 소리에 묻혀 잘 들리지 않았다. 정형외과와 전립선. 예상치 못한 조합이었다. 아버지가 슬쩍 커튼을 열고 나갔다. 몇분이나 지났을까. 소변을 본다기에는 꽤 긴 시간이 지난 뒤에 간호사가 말했다.

"드신 것하고 배출한 양은 계속 적어두세요."

"예. 이젠 괜찮겠지요? 얼굴이 노래져서는…… 하이고 놀래라."

아버지가 다시 병상으로 들어왔다. 그러고는 내 침상에 걸린 기록지를 빼 들었다.

"간호사가 물 종류 마신 건 다 적어두라고 했는데 깜빡

했다. 너 그거 국 한 대접 다 먹을 거니? 밥 먹기 전에 물
도 마셨지? 다 하면 얼마나 될까?"

"캔 커피도 한개 마셨으니까 한…… 700밀리리터 될
것 같은데요."

"그럼 700 훨씬 넘지. 오줌 안 마렵니?"

"……네에."

"저거 한통을 빼냈더라. 오줌 못 누면 큰일 난다."

소변통의 용량은 1.1리터. 에이, 설마…… 생각지도 못
한 소변 문제에 식욕이 싹 가셨다. 나는 그만 숟가락을 내
려놓았다.

"그만 먹을게요. 아버지도 식사하고 오세요."

"식판 내놓는 길에 다녀오마. 군고구마 사다 주리?"

"……아니, 커피 몇개만 더 사다 주세요."

아버지가 식판을 챙겨 병상을 나갔다.

*

이뇨 작용에 좋다는 커피를 두 캔이나 먹고 생수도 꽤
마셨는데 나는 도통 요의를 느끼지 못했다. 내가 먹은 물
의 양은 이미 1.1리터가 넘었다. 그날 밤은 소변과의 싸움

이었다. 내일 퇴원인데 소변 문제로 입원을 연장할 수는 없었다. 간호사가 전립선 뭐라고 했더라. 자세히 듣지 못한 게 아쉬웠다. 수액을 꽂고 물을 그렇게 마셨는데도 요의를 전혀 느끼지 못하는 게 또다른 공포로 다가왔다. 불안 속에서 어떻게 잠들었는지는 모르겠으나 다른 병상의 왕진 소리를 듣고 잠에서 깼다. 겨우 여섯시를 넘긴 시간이었다. 간이침대에서 잠든 아버지도 눈을 떴는데 첫마디가 그랬다.

"소변 눴니?"

"……마렵지가 않아요."

"소변 검사할 때는 마려워서 누니? 일단 한번 눠보자."

아버지가 소변기를 건네주고 커튼 밖으로 나갔다. 바지허리끈을 풀고 소변기 뚜껑을 열었다. 전날 투약 받은 진통제도 효과가 다했는지 움직일 때마다 수술 부위가 무척 아팠다. 하지만 기필코 소변을 봐야 한다는 초조함에 용을 써서 소변기 입구로 성기를 넣었다. 누자, 누자…… 아침에 눈 뜨자마자 가는 게 화장실인데 왜, 왜? 내가 요의를 느끼지 못하는 게 가장 큰 문제겠으나 침대에 앉아 어색한 통에 소변을 눠야 하는 환경도 문제였다. 화장실로 가볼까. 그러나 의사의 지시 없이 함부로 걸으면 안 될 것 같았다. 설상가상 꿰맨 자리라도 터지면 큰일이었다. 도대체 왜…… 시간이 지체되자 커튼 너머에서 아버지가 물었다.

"안 되니?"

"……안 되겠어요."

실패였다. 아버지가 낙심한 얼굴로 빈 소변기를 건네받았다.

퇴원을 앞둔 주치의의 마지막 검진에서 아버지는 내 무릎이 아닌 소변 상태를 먼저 알렸다.

"얘가 소변을 못 봅니다."

의사가 기록지에서 내가 섭취한 물의 양을 확인했다. 그러고는 곧 간호사를 보내 살펴보겠다고 했다. 그런 뒤 수술 부위를 소독하고 새 거즈를 붙이고는, 역시 수술이 잘됐다는 말을 끝으로 병실을 나갔다. 마음이 다급해졌다. 어제 벌어진 대각선 병상의 일이 내게도 벌어질지 몰랐다. 무릎을 수술했는데 왜 소변을 못 보는 것인가. 누군가의 손으로 강제로 빼낼 순 없었다. 간호사가 오기 전에 소변을 봐야 했다.

"아버지, 오줌 좀 눠볼게요."

아버지가 소변기를 건네주고 커튼 뒤로 사라졌다. 눈을

감고 한겨울 맑은 얼음 밑으로 졸졸 흐르는 시냇물과 한파 때마다 밤새 졸졸졸 틀어놓는 화장실 수전의 온수 줄기를 상상했다. 영 초조해서 온전한 명상은 되지 않았으나 효과가 전혀 없는 건 아니었다. 나온다! 비록 변기를 타고 졸졸 흐른 힘없는 소변 줄기였으나 일단 나왔다는 사실이 중요했다. 300밀리리터.

"아버지."

"봤니?"

"네. 근데 조금밖에 못 봤어요."

아버지가 들어와 소변기를 살폈다.

"이 정도라도 됐어. 뚫렸으면 반은 된 거야."

아버지가 화장실로 가서 소변을 버리고 통을 말끔히 씻어 왔다. 그리고 배설량을 기록했다. 얼마 뒤 간호사가 휴대용 카드 리더기처럼 생긴 초음파 기기를 들고 왔는데, 내 또래의 여자 간호사였다. 조금이라도 눈 것이 얼마나 다행이었던가.

"이렇게 많이 드셨는데 300밀리리터밖에 안 봤어요? 잠깐 볼게요."

뭘, 뭘? 간호사가 내 바지 앞섶을 슥슥 내렸다.

"넣어요!"

"배출량이 너무 적어서 방광 확인 좀 할게요."

"못 누는 게 아니라 안 마렵다니까요……"

간호사가 아슬아슬한 경계까지 바지를 내리고 초음파 기계로 내 방광을 스캔했다. 작은 화면으로 방광에 찬 소변이 보였다. 약 4분의 1가량 차 있었다.

"진짜네, 정말 별로 없네요. 정말 저만큼 마신 거 맞아요?"

"……네에. 근데 진짜로 안 마려운 거라니까요."

간호사가 기계를 치웠다.

"그럼 괜찮을 거예요."

아버지가 물었다.

"이제 퇴원해도 될까요?"

"네, 퇴원하셔도 돼요. 혹시 필요한 서류 있으세요?"

"보험회사에 낼 진단서가 필요합니다."

"준비해드릴게요. 환자분 고생하셨습니다."

"예에…… 고맙습니다."

2박 3일간의 고된 병캉스가 끝났다. 아버지가 퇴원 가방을 챙기는 동안 나는 침대에서 겨우 환자복을 벗고 내 옷으로 갈아입었다. 그리고 드디어 내 발로 병실 바닥을 밟았다. 아! 무릎이 째질 듯한 통증에 나는 침대 난간을 부여잡고 꼼짝도 못했다. 침대에서 다리를 편 상태로 슬금슬금 움직이는 것과 힘을 실어 바닥을 밟고 서는 것은 전혀 다른 문제였다.

"아버지…… 목발이 있어야 할 것 같아요."

"그럴 것 같더라니. 기다려라."

아버지가 병실을 나가 간호사를 통해 목발을 사 왔다. 나는 목발을 양쪽 겨드랑이에 끼고 수술하지 않은 오른쪽 다리에만 힘을 주고 섰다. 그래도 왼쪽 발을 아예 안 짚을 수는 없어 통증이 심했다. 의사가 뭐라고 했더라. 간단한 수술이라 다음 날부터 걸을 수 있다고? 간호사가 목발 얘기를 괜히 한 게 아니었다. 그래 목발 짚고 걸어도 걷는 건 걷는 거니까. 근데 이 정도로 끔찍하게 아프다고는 안 했잖아! 내가 뼛조각을 빼내고 얻은 가장 큰 성과는 저 의사를 이제 안 봐도 된다는 거였다. 안녕히 계세요, 의사 선생님.

"가자."

아버지가 짐가방을 들고 앞장섰다. 나도 천천히 뒤를 따랐다. 아아아…… 아아아……

병원 엘리베이터는 속도도 느린데 층마다 멈추었고, 겨

우 문이 열려도 12층에서부터 타고 내려온 사람들로 꽉 차 몇번이나 그냥 내려보냈다. 이 시간에 퇴원이 몰린 듯했다. 우리는 한참을 기다린 뒤에야 겨우 1층으로 내려올 수 있었다. 아버지가 퇴원 절차를 밟고 처방전을 출력하는 동안 나는 내내 서 있었다. 앉았다 일어설 때의 고통보다 차라리 서서 힘든 게 나았다. 현기증이 났다. 간단하든 어렵든 내가 어제 수술 받은 환자라는 게 실감 났다. 괜한 짜증까지 났다. 하지만 기름에 절고 갈라진 머리로 단말기 앞에 서 있는 아버지 뒷모습을 보니 차마 짜증난 걸 티 낼 수가 없었다. 아버지가 출력된 처방전을 들고 왔다.

"그때 주차비 어디서 할인 받으라고 했니?"

"……주차 관리소요."

"가자."

아버지가 다시 짐가방을 들고 병원 정문을 나섰다. 병원 밖에는 굵은 눈송이가 하얗게 내리고 있었다. 뉴스에서 차량 운전과 외부 활동에 유의하라고 한 날이었다. 아버지가 점퍼 모자를 뒤집어쓰고 병원과 조금 떨어진 주차 관리소로 걸어갔다. 아버지 운전해도 돼요? 저 심지어 목발 짚고 있는데 외부 활동해도 돼요? 아버지, 같이 가요. 아아아…… 아아아……

세입자

1

보증금 천만원에 월세 40만원. 관리비 10만원. 관리비
에는 전기·수도·가스비 같은 공과금과 인터넷 사용료가
포함됐다. 서울 하늘 아래 위치한 국민 평수 35평형의 아
파트. 나는 허름한 원룸도 겨우 들어갈 금액으로 삶의 질
을 보장 받을 수 있는 보금자리를 마련했다. 물론 내가
35평을 다 쓰는 건 아니다. 작은 방 하나와 화장실, 세탁실
겸 간이주방만 사용하는 조건이다. 중개인이 이 집을 소
개할 당시에는 그다지 끌리지 않았다. 집주인이 함께 살
면서 남는 방 하나를 세놓는 형식은 마음에 들지 않았다.
대문만 같이 써도 불편한 게 주인인데, 한집에서 같이 지
내는 건 돈 내면서 눈칫밥 먹는 꼴이었다. 차라리 고시텔

로 가고 말지. 그런데 중개인이 넌지시 말했다.

"주인은 같이 안 살아요. 주재원으로 해외 거주 중이에
요. 이럴 때는 보통 전세 놓고 살림도 꾸려서들 가는데, 이
집은 현지의 전임자한테 어지간한 건 다 인계 받았나봐
요. 아끼는 살림 처분하기도 싫고, 잠깐이라도 들어오면
내 집이 편하니까 고대로 둔 거예요. 근데 너무 빈집으로
두긴 뭐하니까 방 하나만 세를 놓는 거지. 까놓고 말해서
자기 집 지켜줄 사람 돈 받으면서 구하는 거야. 근데 또
없는 사람 처지에는 그 돈으로 어디서 이만한 데를 찾아
요. 어쨌든 넓은 아파트 혼자 쓰는 거잖아요. 가서 한번 볼
래요?"

집은 15층 건물의 1층이었다. 5평 원룸에 살다가 35평
아파트에 들어서니 위압감이 들 정도로 넓어 보였다. 이
런 집이 국민 평수라니. 이런 집에 살아야 비로소 국민 대
접을 받는 걸까. 집안 곳곳의 세간들이 흰 천으로 덮여 있
어 폐장한 주택 전시관처럼 스산하긴 했으나, 나는 벌써
바닥에 깔린 폴리싱 타일에 매료됐다. 반짝반짝 빛나는
바닥. 안 그래도 전에 살던 집 곰팡이에 질린 참이었다. 집
참 깨끗하다. 1층이어도 현관 중문 덕에 혹시 모를 바깥
소음도 염려할 필요가 없었다. 셋방은 중문과 한 걸음쯤

떨어진 왼쪽 방이었다. 제법 큼직한 벽장이 있고, 창문도 환기가 충분히 될 만큼 컸다. 창문 너머가 간이주방이 있는 세탁실이다. 욕조가 있는 그레이 톤 화장실은 또 얼마나 근사했나. 이토록 온전하면서 주인이 살지 않는 집. 내가 이 집을 계약하지 않을 이유가 없었다.

41세. 홍묵희. 집주인과의 통화는 이사 당일에 이뤄졌다. 중개인이 소개하기 편하게 주재원이라고만 했으나 그녀는 현재 거주 중인 지역이 파리라고 좀더 구체적으로 알려주었다. 그곳에서 몇년만 지낼 생각이었는데 어찌하다보니 계속 국내 복귀가 미뤄졌다고. 사실 그녀가 어느 곳에서 지내든 내게는 딱히 중요하지 않았다. 그럼에도 자신의 정보를 공유해준 그녀가 왠지 괜찮게 느껴졌다. 집을 잘 부탁한다, 가끔 지방에서 조카가 올라와 청소하고 며칠 지낼 때도 있다, 계약은 중개인에게 위임한다, 지내다가 집에 문제가 발생하면 중개인에게 말해라, 잘 아는 사이니까 잘 봐줄 것이다, 나의 부주의로 발생한 게 아니라면 수리비용은 자신이 물겠다, 정도의 말을 끝으로 통화를 마쳤다. 아파트라는 게 살든 안 살든 꾸준히 나가는 관리비가 있기 마련인데, 그것은 그녀의 계좌에서 자동이체 됐다. 그러니까 나는 아파트관리비가 어떻게 나오든 매달 50만원만 그녀의 계좌로 입금하면 됐다. 다만 전에 살던 원룸이 비록 추레하기는 했으나 에어컨과 냉장고 같은 어지간한 세간들은 옵션으로 있었다. 그러나 이 집에서 내가 쓸 수 있는 가전이라고는 세탁실의 통돌이 세탁기와 간이주방의 1구짜리 인덕션이 전부다. 나는 짐을 부려놓고 냉장고와 선풍기를 중고로 샀다. 간이주방이 생각보다 좁아 40리터짜리 소형 냉장고마저 자리 잡기 힘들었다. 어쩔 수 없이 세탁기 배수관이 연결된 하수구 앞에 둘 수밖에 없었다. 이 자리는 냉장고 문을 여는 것도 세탁기를 사용하는 것도 불편하다. 하지만 방이 아닌 곳에 둘 수 있다는 만족감이 커서 그쯤은 감수했다. 스무살에 탈출형 독립으로 집에서 나와 서른셋이 될 때까지 처음 가져본 독립된 주방과 세탁실이다. 방은 이제 방으로서의 역할만 하면 됐다. 냉장고와 세탁기가 없는 방. 정갈했고 이부자리만 깔아둬도 아늑했다.

누가 그랬다지 아마. 어차피 홀로 사는 삶 독하게 살라고. 다 부질없다. 나는 이미 오래전에 독하게 마음먹고 독립했으나, 그러든 말든 막무가내로 들이닥치는 가족들을 막을 수 없었다. 아버지, 엄마, 그리고 동생. 어쩌면 그리도 똑 닮았는지. 차라리 나도 그랬으면 어땠을까. 그랬다면 나도 한통속이 되어 맘 편하게 살았을지 몰랐다. 그런데 왜 나만 거북할까. 왜 나만 남이 되어 끊임없이 도망치는 걸까. 결국 아무 소용없는 도망길. 이 나라의 훌륭한 전산 시스템이 내가 어디로 숨든 저들의 손아귀에서 벗어날 수 없게끔 만든다. 부모의 자격으로 당당하게 뗄 수 있는 내 주민등록초본. 도무지 방법이 없어 등 돌리고 살 때, 아버지가 폐암 1기 진단을 받았다. 그때 그런 생각을 했다. 왜 고작 1기인가. 부모의 질병은 자식을 도덕적으로 강탈할 더없이 좋은 수단이었다. 같은 월세여도 보증금 이천만원짜리에 사는 내가, 오백만원짜리에 사는 저들보다 부자였다. 있는 자가 없는 자를 돕는 게 당연한 셈법에 따라 내 보증금은 늘 위협 받았다. 없는 집에서는 조금이라도 더 가진 사람만 괴로웠다. 결국 내 보증금을 허문 것만으로도 부족해, 아직도 더 많이 가진 자가 되어 장녀의 책임을 강요받더랬다. 아버지의 1기는 정작 당신이 아니라 나의 고비였다. 보증금 이천만원짜리 원룸도 열악했는데, 그마저도 허물고 남은 돈으로 구한 집은 물 보듯 빤했다. 집주인이 도배는 해줬으나 심한 결로현상으로 그새

벽 한쪽이 곰팡이로 덮였다. 이사만 하면 득달같이 달려와 또 얼마나 좋은 곳에서 호의호식하는지 둘러보는 엄마였다. 그러나 그 집은 당신이 봐도 심했던지 낡고 때에 찌든 옵션 세간들에까지 욕을 해댔다. 그 많던 보증금은 다 어디에 쓰고 이런 데서 사느냐며. 기가 차서 보증금은 둘째 치고 아빠 때문에 돈 마련하느라 내가 사장한테 빌린 돈이나 가져오라고, 카페까지 폐업해서 나는 일자리도 잃고 그 돈도 갚을 능력이 없다며, 순간적으로 떠오른 거짓말을 쏟아냈다. 다니던 카페의 사장한테 돈을 빌린 적은 없지만, 엄마에게 부담을 안겨 쫓아내려고 한 거짓말이었다. 갚지 마! 요즘 추심 함부로 못해! 돈에 임자 없다는 인생관을 가진 엄마다운 대답이었다. 그뒤로 뜻밖의 평화가 찾아왔다. 당신이 확인한 내 모습은 아버지의 1기로 보증금을 날리고 일자리마저 잃은 비로소 빚만 남은 딸이었다. 당분간은 돈 나올 구석이 없어 뵈니 한동안 발길을 끊었다. 그랬다. 내가 살 길은 나의 가난을 증명하는 것뿐이었다.

행복은 참 짓궂다. 보통은 안정된, 좋은, 번듯한 등의 수식으로 표현될 무언가를 가졌을 때 행복이라는 단어를 새

긴다. 그러나 나의 행복은 저런 것들이 부재할 때 찾아온다. 이제는 내가 일자리를 구해 돈 좀 있겠지 싶을 때마다 전화했는데, 나는 이제 당신을 물리치는 법을 터득했다. 전화 잘 했다. 사장한테 빌린 돈 어떻게 됐어? 못 구했어? 그럼 보증 좀 서줘. 미친년, 그거 불법이야! 불행을 잠시 밀어둔 불안하고 아슬한 행복. 나는 당장 할 수 있는 일을 하며 생계를 유지했으나 늘 백수인 척했다. 한번은 엄마가 도저히 못 믿겠던지 덜컥 집을 찾아왔더랬다. 식당 서빙 일을 할 때였다. 오후쯤에 와서 내가 퇴근할 무렵까지 잠긴 문 앞에서 기다렸다. 중간에 전화로 확인했을 법도 한데 현장을 덮치겠다는 일념으로 그냥 기다렸다. 딸이 일을 한다는 게 그토록 분노할 일이었던가. 나는 노려보는 엄마를 무시하고 방문을 열었다. 곰팡내 나는 더운 방. 가방을 신발장 위에 두고 에어컨을 켰다. 쫓아 들어온 엄마가 신경질적으로 물었다.

"너 언제부터 일했어? 무슨 일 하는 데냐고!"

대답 대신 들통을 올려둔 가스레인지에 불을 켰다. 밖에서야 어떻게 먹든, 집에서는 국에 만 밥을 훌훌 먹고 끝냈다. 반찬은 김치 하나면 됐다. 혹시 냉장고에 반찬이 두세 개 있어도 하나만 꺼냈다. 독립했을 때부터 그랬다. 그렇게 먹어도 배는 불렀으니까. 들통에 사골국이나 미역국을 끓여놓으면 간편하게 오래 먹을 수 있어 좋았다. 특히 미역은 싸면서 양도 많고 끓이기도 쉬워 거의 1년 내내 먹었다. 그날 역시 미역국을 끓여둔 참이었다.

"집안 꼴 뻔히 알면서, 장녀라는 게 그저 네 입만 챙겼냐?"

그러면서 이어지는 뻔하디 뻔한 넋두리. 병든 아버지와 가진 거 없이 맨몸으로 수발해야 하는 당신과 일머리 없어서 노는 동생까지 피 끓는 목소리로 한탄하고, 결국에는 불쌍한 부모 생각 안 하고 월급으로 내 입만 챙긴 나를 욕하는 것으로 끝났다.

"나도 돈 갚으라는 사장 무서워서 숨어 살고, 일자리가 없어서 내 입도 못 챙기고 있어. 그래서 소설 쓰려고 맨날 도서관 다녀."

"네 주제에? 무슨 팔자 좋은 소리야 이게?"

"뽑히면 상금이 몇천만원이야. 나 그거 타야 해. 그래야 빚 갚고 보증금도 다시 마련할 수 있어. 알바로 몇년 일해도 저 돈 못 모아."

"……꼴에 제법 되네? 그동안은 뭐 먹고 살게. 당장 여기 세는?"

"상금 타면 한번에 갚기로 했어. 어차피 외지고 후져서 들어올 사람도 별로 없어. 나 한동안 꼼짝없이 읽고 쓰기만 해야 하니까 방해하지 마. 밥 먹을래?"

"지랄…… 뭐 있으면 한 숟가락 줘봐. 배고파 죽을 뻔했다."

나는 개다리소반을 펴고 대접에 푼 미역국을 내려놓았다. 그런데 실은 미역국에 문제가 있었다. 들통 바닥에 조금 남았는데 어제오늘 끓여놓지 않아 골마지가 뜨고 쿰쿰한 냄새가 났다. 어젯밤에는 회식으로 늦어서 그냥 잤고, 오늘 아침은 귀찮아서 그냥 출근했다. 에어컨을 끄고 나가면 습한 찜통 방이 되어 상할 걸 염려했으나, 어차피 얼마 남지 않아 상하면 버리고 새로 끓일 작정이었다. 그리고 염려대로 미역국이 상했다. 하지만 일부러 끓여서 내놓은 거였다. 몇천만원에 솔깃한 엄마가 밥상에 바싹 붙어 앉아 미역국 먼저 한술 떴다.

"애, 이거 상했어!"

"그냥 먹어. 신김치랑 먹으면 먹을 만해."

나는 태연하게 엄마 밥공기를 놓아주고, 나도 앉아 미역국에 밥을 말았다. 그리고 듬뿍 퍼먹었더니 엄마가 기겁하며 말렸다.

"먹지 마, 왜 상한 걸 먹고 지랄이야!"

"이 정도 상한 걸로 안 죽어. 국은 먹어야 할 거 아니야. 김치만 먹었더니 버짐이 피더라고. 근데 엄마 혹시 돈 좀 있어? 미역 다 떨어졌는데, 쌀도 없다. 쌀통 봐봐."

"그게 뭐 김치 때문이냐? 저놈의 곰팡이 때문에 그런 거야."

"하여간 돈 좀 있냐고."

"느이 아빠 때문에 먹고 죽을 돈도 없다. 어쩌 우리 집 것들은 죄다 이 모양이야. 넌 좀 나은 줄 알았더니 그 피 어디 가냐? 소설? 뭣도 없는 것들이 꼭 그러지. 부모 불쌍한 줄 알아, 정신 나간 년아. 내가 이 나이에 딸년한테 상한 미역국 대접받고 돈까지 주고 가야 해!"

엄마가 짝퉁 샤넬 가방에서 3만원을 꺼내 밥상에 탁 놓고 나갔다. 상한 미역국이 나를 살렸다. 재빨리 화장실에서 게워냈지만, 마침맞게 상한 미역국이 우스워 실실 웃었더랬다. 소설. 주방 이모님이 입버릇처럼 하는 말을 흉내 낸 거였다. 상금이 몇천이라 한권씩 쓰면서 살면 연금보다 낫다고 했나 어쨌나. 입만 열면 거짓말인 사람이라 신뢰하지는 않았지만, 덕분에 요긴하게 써먹었다. 나중에 결과를 물으면 떨어졌다고 하면 됐다. 엄마 욕을 하루 이

틀 먹어보나. 세상에 이보다 좋은 회피 수단이 또 없었다. 나는 더없이 핍진한 습작생이 되어 천하를 얻었다. 행복이 따로 있나. 무뢰한이 콱 움켜쥔 내 목덜미를 스스로 놓았는데. 브라보.

  이사를 마치고 새 일자리를 구했다. 거주지는 그 자체로 신용이 됐다. 반조리 식품매장에서 포장과 진열만 하는 일이었는데, 점주는 초본에 나온 주소만 보고도 내게 호감을 표시했다.

  "갑자기 잠수 타서는 월급만 보내라고 하는 애들한테 질렸어요. 그런 애들은 보통 사는 데가 그렇고 그렇더라고, 알죠? 우리 잘해봅시다."

  내 생각도 크게 다르지 않았다. 외진 골목에 있는 원룸에 살 때는 뒤에서 어떤 기척만 느껴도 집으로 가는 길이 내내 불안했다. 그러나 이제는 아니다. 아파트 정문이 대로에 있는 것부터 좋았다. 혹시 뒤에서 누가 걸어도 이 단지 주민인가보다, 하며 오히려 함께 걷는 그가 든든하기까지 했다. 나 또한 이 아파트에 산다는 이유만으로 낯선 이에게 무작정 신뢰를 보냈다. 대낮에도 창문 열기가 두려웠던 예전 집들. 그러나 이 집에서는 한밤중에도 창문을 활짝 연 간이주방에서 미역국을 팔팔 끓였다. 방범 걱정이 사라진 집이었고, 삶의 질이라는 걸 비로소 깨달았다. 쉬는 날에는 밀린 집안일을 했다. 별거 없는 벽장도 괜히 열어 다시 정리하고, 선풍기와 개다리소반에 올려둔 노트북이 전부인 작은 방도 애정을 갖고 구석구석 닦았다. 세탁기에 빨래를 돌리면서 세탁실을 청소하고 개수대와 인덕션도 말끔하게 닦아냈다. 생전 경험해보지 못한 아파트 생활을 즐겼는지도 모르겠다. 마치 내가 이 집의 주인인 것처럼. 나는 반지하에서 태어나 그런 집에서만 살다가 독립한 뒤로는 허름한 원룸을 전전하며 살았다. 그 때문인지 한때는 모든 사달의 원인을 가난에 뒀었다. 사는 집이라도 지상으로 옮기면 이들도 나아지지 않을까 순진하게 생각했던 때. 같은 월세라도 위로는 갈 수 있을 거라고, 어린 나이에 안 먹고 안 쓰며 모은 돈을 내밀었다. 그러나 내 가족들은 그 돈으로 그동안 못 먹은 것들을 찾아 먹고, 못 산 것들을 사들이고, 못 다녀본 곳들을 다니며 흥청망청 써버렸다. 뭘 어디다 써, 다 먹고사는 데 썼지. 가책 같은 건 없었다. 참 질 나쁜 사람들이었다. 아무리 가족이어도 피해야 했는데 장녀의 책임감에 눌려 못내 마음을 쓰고 만 것이다. 그때 내가 저러지만 않았어도 굶을지언정 돈은 모으는 년이라는 믿음을 주진 않았을 터였다. 참 잘못 살았다. 여하튼, 고급 전시관 같던 아파트도 살다보니 결국 익숙해졌다. 그래, 이 정도는 돼야 안방 아이 방 옷방 이렇게 쓰지. 아이가 둘이면 옷방도 못 만들겠네. 뭐 요즘은 아이 하나도 겨우 낳으니까. 그래서 국민 평수구나. 국민 평수에서 한줌 영역만 사용하는 주제에 어느새 이만한 아파트면 살 만하지, 하며 내겐 가당치도 않은 생각까지 했더랬다.

방이 모두 세개. 그중 하나는 내가 쓰고, 안방과 또다른 작은 방은 손잡이가 안쪽으로 잠겨 있었다. 물론 잠겼다고 해봐야 작은 구멍에 실핀을 꽂아 콕 누르기만 해도 열리는 흔한 가정집 손잡이다. 그래도 잠긴 건 잠긴 거였으니 그 사실만으로도 경고는 충분했다. 들어가지 마시오. 호기심에 작은 방 손잡이를 슬쩍 내려보기는 했다. 내 방 크기와 얼마나 차이 날지 궁금했다. 꿈쩍도 안 했다. 내 호기심은 거기까지였다. 손쉽게 열 수 있으나 열면 안 되는, 믿음과 경고가 동시에 공존하는 문. 그런 문에 다시 손대고 싶지 않았다. 문제는 오픈됐으나 내가 사용할 수 없는 영역들이다. 주방과 거실, 그리고 앞 베란다. 내게 허락된 거실은 맨 가장자리의 인터폰 옆 보일러 조작기, 그 아래 선반에 놓인 와이파이 공유기까지다. 나는 딱 한 걸음의 거실만 사용할 수 있다. 계약상으로는 그렇다. 그러나 청소하다보면 거실을 통과해 커튼을 젖혀두고 창을 활짝 열어야 할 때가 있다. 흰 천으로 어지간한 세간들은 덮여뒀지만, 그렇다고 집안에 먼지가 안 쌓이는 건 아니다. 집주인은 조카가 가끔 와서 청소한다고 했다. 그러나 조카는 가을이 지나 겨울에 이르기까지 한번도 온 적이 없다. 한동안은 그쪽을 신경 쓰지 않았다. 내가 신경 쓸 구역이 아니었다. 다만 바닥에 내려앉은 먼지가 거슬려 그쯤 못해주겠나 하는 심정으로 거실과 주방 바닥에 걸레질은 했다. 하얀 타일이라 눈에 잘 띄지는 않아도 걸레로 닦아내면 먼지가 솜털처럼 밀렸다. 그렇게 한번 닦아낸 뒤로는 차마 내 방만 치울 수가 없었다. 내 방만큼 꼼꼼하게는 아니어도 걸레를 든 김에 그곳까지 닦게 되는 것이었다. 누가 시킨 건 아니지만 슬슬 신경 쓰였다. 도대체 조카는 언제 오는 것인가.

2

사람이 참 간사하다. 살다보니 마냥 좋았던 집에도 불
만이 생겼다. 그 여름, 얼마나 더웠나. 전에 살던 집에서
는 곰팡이로 고생은 했지만 에어컨 덕에 더위와 싸우지는
않았다. 에어컨을 켜고 살아도 전기세는 3만원을 넘지 않
았다. 그러니 전기세 포함된 관리비를 10만원이나 내면서
에어컨도 없이 지내는 게 울컥 화가 났다. 매달 나오는 관
리비 명세서를 보면 세대내 전기와 수도 사용 금액이 3만
원도 채 안 됐다. 도시가스 명세서는 별도로 집주인의 휴
대전화로 문자 발송되지만, 이 또한 매우 적을 것으로 추
산된다. 집주인이 명세서는 버려도 된다고 했고 광고물
만 쌓이지 않게 우편함을 관리해달라고 했다. 생각해보
니 그런 잔심부름까지 왜 내가 해야 하는지 열받았다. 집
주인이 관리하는 게 무엇인지도 체감이 안 됐다. 청소 얘
기를 하기에 조카가 가끔이라도 와서 화장실이나 세탁실
정도는 치울 줄 알았다. 나는 사실상 자취생이니 외부 청
소까지 할 필요는 없다. 그런데도 내 돈 들여 각종 세제
를 사서 박박 닦고 있다. 감정이 상했다. 더위 때문이라고,
더위가 사람을 옹졸하게 만들었다고, 애써 나 자신을 탓

하고 넘긴 여름이었다. 그리고 겨울. 이제 나는 추위와 싸운다. 집주인이 난방 분배기를 내 방만 열어둬서 내 방을 뺀 다른 곳은 다 냉골이다. 추위를 피부로 느끼게 하는 차가운 타일 바닥. 밖이나 다름없는 세탁실. 날마다 오들오들 떨면서 식사를 준비했다. 먹고살기 힘드네. 세탁실 문은 주방 한편에 나 있다. 고급 원목 수납장으로 꾸민 주방에는 4구짜리 인덕션이 스테인리스 덮개로 덮여 있다. 겨울만이라도 실내 주방을 허락했으면 얼마나 좋았을까. 없는 사람은 좋은 집에 살아도 힘든 건가. 한파가 며칠씩 이어지던 날, 나는 세탁실에서 또다시 눈물을 삼켰다. 한파로 하수도가 얼었으니 세탁실 세탁기는 사용하지 말라고 1층으로 역류 된다고 내내 방송했건만, 기어이 세탁기를 사용한 위층의 어느 세대들 덕에 세탁실에 구정물이 차올랐다. 그 바람에 하수구 앞에 둔 냉장고가 구정물에 잠겼다. 그것도 주방이라고 꾸역꾸역 놓았다가 생긴 참사였다. 주방으로 옮겨 구정물을 닦아냈다. 전원을 꺼둔 문짝 네개짜리 냉장고 앞이었다. 더럽다, 참. 나는 쓸 수 없는 좋은 물건들. 좋든 나쁘든 모든 게 허락된 원룸이 차라리 덜 비참했다. 간이주방 수도가 얼어 행주도 화장실을 오가며 빨았다. 겨우 닦아낸 냉장고를 방으로 옮겼다. 그리

고 세탁실에서 냉장고에 올려두고 썼던 전기밥솥도 가져
왔다. 결국 다시 방으로 들어온 주방 가전들. 세평짜리 방
이 더 좁아졌다. 아늑함은 사라지고 뒷방 같은 초라함만
남았다.

　쉬는 날이면 종일 전기매트에 누워 이불을 덮어쓰고
노트북에 켜둔 인터넷 TV를 보며 지냈다. 집인데도 추워
서 방 밖을 나가기가 싫었다. 이날도 그렇게 TV를 보고
있는데 누군가 초인종을 눌러댔다. 엄마였다. 엄마가 내
이름을 부르며 현관문을 두드렸다. 놀라지는 않았다. 오
히려 생각보다 늦게 찾아온 것에 더 놀랐다. 나는 천천히
이불에서 기어 나와 노트북을 덮어두고 방을 나갔다. 중
문을 열고 현관문을 열었다. 엄마가 나를 밀치다시피 하
고 들어섰다.

　"사람 걱정은 하는 게 아니라더니, 이년 봐라. 누구냐?
그 사장놈이냐? 어쩐지 널 뭘 보고 돈을 빌려줬나 했다.
유부남인데 용케 잘 물었다? 전세냐, 월세냐?"

　"보증금 없이 월 30."

　나는 아무렇게나 둘러댔다.

　"이년이 누굴 바보로 아나. 넌 내가 우습지?"

엄마가 나를 비웃으며 거실로 들어섰다. 내가 엄마의 팔뚝을 잡았다. 들어가지 말라고. 하지만 이내 뿌리치고 엄마는 안방 앞으로 갔다. 그러고는 문손잡이를 잡고 덜 컥덜컥 흔들었다. 얼른 가서 엄마 손을 손잡이에서 떼어 냈다.

"집주인 방이야. 건들지 마!"

"……집주인? 집주인이 같이 살아?"

"살림 다 씌워둔 거 안 보여? 주인은 가끔 오고 그동안 내가 집 봐주는 조건으로 보증금 없이 들어온 거야. 청소 해주면서 조용히 글만 쓴다고 해서 방 한칸 내준 거라고."

"집을 왜 비워뒀는데?"

"해외 발령 나서 외국에서 지내."

"하이고, 누군지 멋들어지게도 사네. 이런 집에는 내가 살아야 딱인데. 저쪽에는 화분들 쫙 놓고, 여기에는 안마 의자 딱 놓고. 이건 소파 같은데 몰래 써라."

그러고는 소파를 덮어둔 흰 천 위로 벌러덩 누웠다.

"미쳤어? 눕지 마, 우리 거 아니잖아!"

"아무도 안 보는데 어때!"

참 싫었다, 이런 엄마. 엄마를 거칠게 일으켜 거실에서 끌어냈다. 그리고 내 방으로 억지로 밀어 넣었다. 세탁실

구정물 참사 때 들여놓은 냉장고와 전기밥솥, 개다리소
반 위에 올려둔 노트북, 전기매트와 그 위에 덮어둔 솜이
불이 전부인 방이었다. 원체 내 소유의 물건이 많지 않고,
옷가지나 잡다한 생필품들 수납은 벽장 하나로 충분했다.
이민 가방 하나면 당장이라도 이사할 수 있을 만큼의 양.
엄마가 이불 위에 털썩 앉았다. 주소를 확인하고 내가 괜
찮은 놈 하나 문 줄 알고 한껏 입맛 다시며 왔는데, 당신
보기에 식모살이나 하고 있으니 숭늉 먹고 이 쑤시는 양
으로 혀로 이 사이를 핥으며 쩝쩝댔다.

"월세 밀려서 쫓겨난 사람한테 식모살이가 대수야?"

"이런 집은 어떻게 알고 들어왔대?"

"소설 쓰는 모임에 나오는 분 친척집이야."

"횡재했네. 그래도 그렇지, 식모살이하면서 등신같이
왜 돈을 내냐?"

"그것도 안 낸다고 해서 나가라고 하면, 엄마가 집 얻어
줄 거야?"

"그럼 집으로 오셔. 밥은 어디서 해 먹냐?"

"세탁실 간이주방. 밥 먹을래? 미역국 있어."

"염병하네. 산모도 그렇게는 안 먹어. 안 질리냐?"

"배고픈 사람한테 질리는 음식도 있어?"

"……화장실은 써도 되냐? 무슨 집구석이 이렇게 추워. 안 마렵던 오줌이 다 마렵다."

엄마가 화장실에 간 동안 나는 간이주방에서 미역국을 데웠다. 인덕션은 가스레인지 불과 달라 옆에 있어도 국이 끓어오르기 전에는 열기를 느낄 수 없다. 빨래 건조대에 걸어둔 작은 담요를 걷어 어깨에 걸쳤다. 담요 없이는 도무지 견딜 수 없는 주방이다. 담요를 두르고 미역국이 끓을 때까지 바닥에 쪼그려 앉아 있는데, 엄마가 세탁실 문을 열었다.

"멀쩡한 주방 두고 추운 데서 무슨 궁상이래."

"금방 끓어. 방에 가 있어."

"사는 꼴 하고는…… 부엌데기가 따로 없네. 엄마야! 아유, 저 빌어먹을 에어컨. 아니 왜 허연 걸 씌워서 귀신처럼 세워뒀어! 거실 불 좀 켜!"

나는 엄마 말을 무시하고 보글보글 끓는 들통 뚜껑을 열었다. 뜨거운 김이 훅 올라왔다. 따뜻하다. 나는 얼굴에 김을 쐬며 대접에 미역국을 펐다. 내 주방에서 쟁반에 담을 거라곤 미역국과 빈 밥공기, 수저 두벌뿐이다. 방으로 돌아와 노트북을 바닥에 내려놓고 개다리소반을 끌어당겼다. 그리고 상을 차렸다. 냉장고에는 김치와 오징어채

볶음이 있지만 김치만 꺼냈다. 엄마가 초라한 상을 보고 한심한 듯 물었다.

"아니, 소설인지 뭔지는 어떻게 된 거야. 상금 탔어, 못 탔어?"

"떨어졌어. 기본으로 두세번은 떨어져. 처음은 투고한 것만도 잘한 거야."

"자랑이다. 되지도 않는 짓 집어치우고, 더 늙기 전에 돈 많은 놈 물어서 시집이나 가져. 나도 사위 돈 한번 펑펑 써보자."

"기가 막혀서. 무슨 사위 피까지 뽑아 먹을 생각을 해. 내 피 뽑은 걸로는 저런 짝퉁밖에 못 사서 성에 안 차? 혹시 미역국에서 내 피 맛 안 나? 아아, 엄마한테는 돈 맛이지."

"이년이 터진 입이라고 어디서 함부로 나불거려!"

엄마가 당신 성질을 못 이기고 개다리소반을 확 뒤집었다.

"왜 그렇게 흥분해. 찔렸나봐?"

나는 숟가락으로 방바닥에 쏟아진 미역을 긁어모았다.

"누가 들으면 부모한테 억 소리 나게 해준 줄 알겠다. 그까짓 거 너 키운 밑천도 안 돼."

"누가 들으면 억 소리 나게 밑천 들이면서 키운 줄 알겠네. 하다못해 식당 설거지를 했어 뭘 했어. 몇만원도 안 되는 중학생 딸년 알바비 뜯어먹고 살았잖아. 웃겨, 진짜."

"그래서 식당 설거지라도 하라고? 아이고 세상 사람들! 우리 집 장녀라는 년이 하는 말 좀 들어보세요! 즈이 아빠 몸져누워 있는데, 저는 팔자 좋게 처놀면서 엄마보고 식당 설거지하랍니다! 예이, 나쁜 년아. 나까지 몸져누워봐야 지옥이 뭔지 알지. 내 오줌똥 받아가면서 살아봐 이년아. 이 좋은 세상에 태어나게 해준 것만도 감사한 줄 알아야지!"

엄마가 이번에는 짝퉁 버버리 가방을 챙겨서 나갔다. 엄마가 엎은 상으로 방은 난장판이 됐지만 이제 평화로워질 것이다, 한동안은. 다행히 김치는 통 그대로 엎어졌다. 손바닥을 대고 뒤집으니 멀쩡한 한통이 됐다. 괜찮았다. 이런 거 자주 먹으면서 컸다. 휴지로 김치통을 닦아 냉장고 안의 오징어채볶음 옆자리에 넣었다. 모든 게 처음과 같았다. 그러니 괜찮은 거였다.

폐암 1기로 고생 중인 아버지의 말은 이제 엄마 입을 통해 전해진다. 엄마가 쏟아붓고 간 말의 절반은 아버지가 한 말이나 진배없다. 아버지는 1기 판정 이후로 나를 찾지 않는다. 중병으로 몸져누운 중환자 행세를 하느라 엄마만 보낸다. 내가 허문 보증금으로 얻은 유일한 보상이다. 당신이 법 좀 아는데 부모를 부양하지 않는 자식은 고소할 수도 있다는 아버지를 당분간 안 봐도 된다는 거. 생각 없는 동생 진주도 보기 싫은 건 마찬가지고. 그냥 다 싫었다. 그런데 엄마가 다녀간 후 채 일주일도 지나지 않은 어느 날 밤 진주가 나타났다. 밤 열한시가 넘은 시간으로 내가 막 잠자리에 누웠을 때였다.

"언니, 언니! 원주 언니!"

세탁실 쪽이었다. 나는 잠자리에서 나와 창문을 열어보았다. 세탁실 바깥은 아파트 뒤편이고, 주차장과 연결된 폭 좁은 인도가 건물과 바짝 붙어 길게 났다. 그래도 1층이 지대가 살짝 높아 누가 다녀도 잘 보이지는 않는다. 이때도 진주는 보이지 않고 저 멀리 주차장 가로등만 빛났다. 그럼에도 진주 목소리는 계속 들려왔다. 하는 수 없이 어깨에 담요를 두르고 세탁실로 나갔다. 세탁실 창으로 내다보니 진주가 웬 남자와 함께 인도에 서 있다. 통 넓은 칠부바지에 롱부츠를 신고, 허리에도 못 미치는 짧은 패딩을 걸쳤다. 패딩 속에는 그보다 더 짧은 티를 입어 배꼽이 드러났다. 그래도 언니라고 조금은 걱정했는데, 진주는 아주 해맑게 웃고 있었다. 내가 창문을 한뼘쯤 열었다.

"왜 전화 안 받아! 소설 쓴다고 또 소리 꺼놨지? 하여 간 언니, 안방에 불 꺼진 거 보니까 엄마랑 아빠 아직 안 왔나봐? 이따 오면 나 잔다고 해줘, 알았지? 맛있는 거 사 올게!"

진주가 큰 소리로 말했다. 보통 저런 말은 누가 듣지 않 아도 속삭이듯 하지 않나. 옆의 남자가 내게 인사할 타이 밍을 살피는 게 느껴졌다. 나는 일부러 그와 눈을 마주치 지 않고 창문을 닫았다. 진주가 그의 팔을 잡고 서둘러 발 길을 돌렸다. 그가 내게 어정쩡하게 고개 한번 숙이고 돌 아섰다. 나는 잠시 좁은 인도를 빠져나가는 둘의 뒷모습 을 지켜봤다. 전화했다고? 바로 방으로 돌아와 휴대전화 를 살펴봤다. 전화기는 진동으로 되어 있었지만, 진주에 게서 온 전화 기록은 없었다. 또 무슨 수작인가. 진주는 방 금 이 집을 우리 가족의 집으로 둔갑시켰다. 내가 세탁실 에 서서 본의 아니게 거짓말에 동참했다. 그가 사실을 알 게 되면 나도 공범으로 기억될 터였다. 더는 이 집에 살면 안 됐다. 속사정이야 어떻든 나는 겉이 멀쩡한 집에 살아 도 안 됐다. 나는 가난을 드러내야 하는데 이 집은 가난이 숨겨졌다. 진주 생각을 왜 못 했을까. 저렇게 살아왔을 건데, 그랬을 건데. 곧장 진주에게 문자를 보냈다.

　—맛있는 거 말고 재단 가위나 사 와라. 머리 길더라.

　다시는 내가 먼저 문자 보낼 일은 없을 테지만, 아마 진주는 문자를 보는 순간 내 번호를 차단할 것이다. 아직 함께 살던 시절, 진주는 내게 두번의 가위질을 당했다. 그리고 나는 경고했다. 내가 세번째 자를 때는 네 모가지까지 자를 거야. 구체적인 이유는 떠올리고 싶지도 않다. 불량한 부모와 한통속으로 자란 애가 저지른, 꼭 그만한 일들이니까. 단지 나를 결정적으로 끌어들였을 때만 가위를 들었다. 가령 새파란 중학생이 제 언니 사진을 어느 조건 만남 사이트에 올려놓고 돈만 가로채고 튀었을 때라든가. 아버지는 그때도 진주를 두둔했다. 없는 년이 도덕적인 척 굴면 그게 더 꼴값이야! 고백하건대 나는 절대 도덕적이지 않다. 그런 걸 생각할 겨를도 없다. 단지 저런 내 가족이 싫을 뿐이다. 방 불을 끄고 다시 잠자리로 들어갔다. 인터넷 TV를 켜둔 14인치 노트북 불빛만 남았다. 나는 눈을 감았다.

3

안정적인 집에 사는 사람이 일도 진득하게 하더라는 점장의 믿음과는 다르게 나는 6개월을 끝으로 일을 그만 두었다. 점장이 무척 아쉬워했다. 아쉬운 건 아쉬운 거고, 그래도 마지막 날이라고 매장 문을 닫고 족발을 시켜 직원회식을 했다. 왜 그만두는데? 엄마가 쉬라고 해서요. 있는 집 자식들은 꼭 이런다니까. 자식이 일 좀 한다 싶으면 불쌍해서 못 봐. 직원들과 그런 대화를 나누고 나는 씁쓸하게 집으로 돌아왔다. 비밀번호를 누르고 집으로 들어가니 현관에 낯선 신발 세켤레가 대충 놓여 있었다. 중문도 활짝 열린 채였다. 그대로 서서 거실을 보니 대학생으로 보이는 애들이 피자를 먹고 있다. 여자 둘에 남자 하나. 그중 내 기척을 느낀 한 여학생이 중문 쪽으로 나왔다.

"안녕하세요. 저 이 집 조카예요. 이모한테 말씀 들었어요."

"아…… 근데 내가 비밀번호 바꿨는데 어떻게 들어왔어요?"

"마스터키 있어요. 우리 불편해하지 말고 편하게 지내세요."

"예에……"

나는 중문 앞에서만 인사하고 방으로 들어왔다. 집 안이 이토록 밝은 적이 없었다. 난방 분배기도 모두 열었는지 전체적으로 따뜻했다. 비로소 주인을 만난 집. 밝고 따뜻했다. 위임장을 가지고 중개인이 주인을 대리했듯, 조카는 마스터키를 가지고 주인을 대리했다. 그랬기에 편하게 지내라는 주인의 언어를 사용했을지도 몰랐다. 나는 옷을 갈아입고 속옷을 수건으로 돌돌 말아 문 앞에서 잠시 머뭇댔다. 밖에 누가 있는 게 신경 쓰였다. 그러다 속옷을 다시 벽장 서랍에 넣었다. 하루쯤 샤워 안 한다고 문제 있나. 그대로 수건만 들고 방을 나갔다. 화장실 가는 길에 보니 안방 문이 살짝 열려 있었다. 안방 문이 열린 건 이사 온 이래 처음이다. 거실에서는 조카와 친구들이 휴대전화로 찍은 사진을 보며 한창 떠들었다. 이거 나 코 흘리면서 탄 거야! 그게 겨울 놀이동산의 묘미지! 나는 그런 그들을 딱히 신경 쓰지 않는 척 화장실로 들어갔다. 내가 쓰기 전까지는 늘 말라 있던 화장실이 물로 흥건했다. 세면대 선반에 휴대용 칫솔 세트 두개도 있었다. 사람이 셋인데 왜 두개일까. 아, 조카는 안방 화장실을 썼겠구나. 친구들은 손님이고 조카는 주인이다. 바깥 화장실은 세입자나 손님 전용이다. 비누나 샤워용품은 아무래도 내 것을 썼지 싶다. 선반에 가지런히 둔 샴푸와 트리트먼트 따위들이 살짝 흐트러져 있었다. 누군가 변기 커버를 내려둔 채 샤워했는지 커버 역시 물에 흠뻑 젖었다. 나는 커버를 위로 올려두고 양치질했다. 고작 몇분 만에 느낀 불편함. 그리고 이 불편함은 다 씻고 사용한 수건을 들고도 느꼈더랬다. 보통 때라면 빨랫감을 들고 곧장 세탁실로 가야 했다. 하지만 지금은 주방과 대면한 거실에 조카와 친구들이 있다. 불편하네. 하는 수 없이 그냥 방으로 돌아왔다. 그러고는 창문을 열고 수건을 돌돌 말아 힘껏 세탁기에 던졌다. 수건이 쏙 들어갔다. 나이스! 로션을 가볍게 바르고 노트북에 인터넷 TV를 켜둔 채 잠자리에 들었다. 엄마가 에어컨 보고 귀신 같다고 한 날부터 밤이면 괜히 무서웠다. 이 집 혹시 그래서 싼 건가. 그때부터 인터넷 TV를 켜두고 잤다. 그런데 이날은 TV가 불필요하게 느껴졌다. 누가 또 있다는 사실에 안심한 걸까. 나는 노트북을 껐다. 어두운 방. 간헐적으로 들리는 웃음소리. 회식 때 몇잔 마신 술기운까지 더해져 오랜만에 푹 잠들었다.

다음 날, 조카 친구들은 오후가 되기 전에 각자의 집으로 돌아갔다. 방문 앞에서 그들이 나가는 소리가 들렸지만, 내가 집주인도 아니고 무슨 관계가 있는 것도 아니어서 모르는 척했다. 그들이 간 뒤에야 나는 미역국이나 한번 끓여둘 요량으로 밖으로 나왔다. 직장을 그만두니 하루가 한갓지다. 이제 나는 열심히 살지 않기로 했다. 열심히 산 결과가 늘 썼으므로 설렁설렁 살기로 했다. 내 노력의 결과가 조금이라도 달았다면 없는 힘도 짜내가며 살았을 거였다. 가난해도 자식이 번 돈은 아까워서 못 쓴다는 부모들은 어떤 사람들일까. 이런 사람들은 바닥까지 긁어퍼줘도 뒷주머니 찼다고 욕하는 내 부모를 어떻게 볼까. 박박 긁어 먹히는 노력. 그런 거 이제는 하지 않을 생각이었다. 세탁실로 가는 중에 처음으로 흰 천이 벗겨진 소파를 봤다. 유럽풍의 빈티지 패브릭 소파. 밤색 빛이 도는 예쁜 소파다. 주방 식탁도 모습을 드러냈다. 은색 철제 다리에 하얀 세라믹 상판. 흰 천을 덮어둬 관처럼 보이던, 내가 흠칫흠칫 놀라며 괴이한 상상을 했던 물건들이 저토록 예쁜 가구들이었다. 이 집은 추한 게 아니라 예쁜 걸 가렸다. 내가 간이주방에서 미역국에 불을 붙일 때, 조카가 세탁실로 왔다.

"언니 나왔어요? 어제 우리 때문에 시끄러워서 잘 못

잤죠?"

"아뇨, 잘 잤어요."

"다행이다. 근데 내 친구들이 언니 샴푸랑 다른 것들 좀 썼어요. 죄송합니다."

"괜찮아요. 깨끗하게 잘 썼던데요, 뭘. 밥 먹었어요? 반찬은 없지만 내가 미역국은 잘 끓여요. 안 먹었으면 같이 먹을래요?"

"네. 감사합니다."

인사치레로 말했다가 결국 나는 조카와 함께 식사해야 했다. 나는 냉장고에서 김치와 묵혀둔 오징어채볶음을 꺼내 조카를 대접했다.

"반찬 너무 없죠? 집에서까지 일 만들기 싫어서 이렇게만 먹어요."

"우리 엄마도 맨날 그래요, 하하하. 오징어채 맛있어요."

조카는 지방대에 다녔다. 자기가 수도권 쪽 대학만 붙었어도 집에서 나올 수 있었는데 머리가 나빠서 실패했다며 깔깔 웃는다. 자기 처지를 유쾌하게 말할 수 있다는 게 얼마나 행운인지 조카는 알까. 개강 전에 친구들과 놀이동산에서 진탕 놀고 오는 대학생활. 부러웠다. 나는 저 나이 때도 대학은커녕 장녀의 압박을 받으며 고된 일을 하고 있었다. 조카가 갑자기 낮은 목소리로 물었다.

"우리 이모 다녀갔죠? 집 깨끗한 거 보니까 얼마 안 됐나봐요?"

딱 봐도 내가 함부로 대답할 성질의 질문이 아니었다.

"……글쎄요, 나도 출장 때문에 집을 몇번 비웠거든요."

"언니 있었어도 말 안 하고 왔을걸요? 어떻게 사는지, 자기 집을 염탐하는 것처럼 다녀가요. 좀 이상하죠? 이런 말은 그런데…… 에이, 뭐 어때. 청소도 그래. 업체 부르면 비싸니까 용돈 얼마 주면서 나한테 시키는 거라고요. 입학금 내줬다고 유세 부리는 거예요. 툭하면 청소했냐고 물어본다니까요. 살지도 않으면서 청소는 왜 그렇게 자주 하래. 언니, 나 자주 안 오는 거 비밀이에요."

나는 딱히 할 말이 없어서 픽 웃고 말았다.

"이 집도 그래. 밖에서 지내면서까지 끼고 있어야겠냐고요. 우리 오빠네가 결혼할 때 이모 나간 동안만 살겠다고 했더니 단칼에 잘랐어요. 업무상 자주 들어와야 해서 세도 못 놓는대요. 뭘 자주 와. 오빠네가 사는 게 싫은 거지. 엄마가 어디 세 안 놓나 두고 보자니까, 관리비나 벌 속셈으로 이 방 하나 내놓은 거예요. 이모가 돼서 어쩌면 그러냐. 안 그래요?"

후…… 남의 집안 신경전에 끼어들고 싶진 않지만, 이
집 사정도 알 만했다.

  "내가 진짜 언니 믿고 하는 말이에요. 언니는 지금까지
본 세입자 중에 제일 양심적이에요. 어제 깜짝 놀랐잖아
요. 와, 진짜로 언니 방만 난방했더라고요. 다른 사람들은
보일러 온도 높이고 분배기 다 열고 살았어요. 세탁실에
온풍기도 펑펑 틀어놓고요. 몰래 주방 쓰는 건 기본이었다
니까요. 보니까 여름에 에어컨도 안 쓴 것 같던데, 맞죠?"

  "네. 안 썼어요."

  "어차피 관리비에 다 포함됐는데 뭘 그렇게 아껴요. 올
여름에는 창문형 에어컨이라도 쓰세요. 다른 사람들도 다
그렇게 살았어요. 이모가 뭐라고 해도 신경 쓰지 마세요.
원래 남한테만 뭐라고 해요. 맨날 자기만 우아하지. 자기
는 이런 데서 이렇게 살면서, 오빠네한테는 다 쓸데없으
니까 비우면서 살랬나 뭐랬나. 아니, 신혼살림에 비울 게
뭐가 있어요? 그래서 엄마가 한 소리 했더니 꼭 없는 것
들이 미니멀 욕한대요. 더러워서 진짜. 친구들이랑 놀러
온 김에 청소하러 왔는데, 벌써 몰래 다녀갔네요. 진짜 이
상한 사람이라니까요."

요지는 조카 내외가 공짜로 살고 싶은데 이모가 거절했다는 것 아닌가. 이 아파트 전세가 수억은 한다지. 그런 거액을 포기한 이모는 저 가족들한테 얼마나 이가 갈린 걸까. 전세를 놓으면 또 트집을 잡을 테니 차라리 빈집으로 둔 것 같았다. 관리비 10만원도 앞선 세입자들 영향 때문은 아니었을까. 나는 조카에게서 내 가족을 보았다. 자기 말이 어폐 투성이라는 걸 전혀 모르는 게 영락없이 닮았더랬다. 도덕은 주는 사람에게만 있고 받는 사람에게는 없는 걸까. 청소비를 용돈으로 받는 조카는 집을 대강대강 치웠다. 세간에 씌운 천들을 걷어 대충 털고는 다시 씌웠고, 그마저 키 큰 에어컨은 벗기지도 않고 먼지떨이로 몇번 친 게 다였다. 바닥도 내가 대충 닦아낸 것보다 더 허술하게 문질렀다. 집주인이 왜 이 작은 방을 세놓았는지 알 만했다. 나는 세입자인 동시에 감시자였다. 저들이 이 집에 저지를 횡포를 감시할 타인의 눈. 오죽했으면 그랬을까. 조카는 친구들과 자신이 사용한 수건 따위의 빨랫감을 모아 세탁기에 돌려 건조대에 널었다. 그리고 다음 날 덜 마른 빨랫감을 걷어 대충 개어서는 안방 파우더룸에 챙겨뒀다. 그것이 청소의 전부였다. 집으로 돌아갈 때는 내게 부탁도 했다.

"언니, 혹시 이모가 물어보면 저 한달에 한번쯤은 온다고 해주세요. 솔직히 치울 것도 별로 없잖아요. 참, 공유기 저거 후진 거예요. 가끔 껐다 켜세요. 안 그러면 속도 느려져요. 그리고 우리 이모, 생각보다 무서운 사람이에요. 저 소파 얼마게요? 몇천만원이에요. 식탁도 장난 없고요. 집에 있는 것들이 다 그래. 절대 손대지 마세요. 그냥 근처에도 가지 마. 손댄 거 귀신같이 아니까 가만히 두세요. 아셨죠?"

말로만 듣던 명품 가구들. 내 전 재산으로도 저 식탁 하나를 살 수 없다. 다 덮어둘 만하네. 조금 유난이라는 생각도 없지 않아 있었는데 새삼 당연하게 느껴졌다. 조카가 돌아간 뒤, 주방 개수대 아래 난방 분배기함을 열어 내 방만 남기고 다른 곳 난방 밸브는 모두 잠갔다. 곳곳에 켜둔 불도 다 껐다. 곧 춥고 어두운 집이 될 터였다. 다시 주인 없는 집이 됐으니까. 그리고 집을 옮길 또 하나의 이유가 생겼다. 나는 남의 가족 감시자도 구경꾼도 되고 싶지 않다. 불량 가족사는 내 가족만으로도 충분하다. 내 돈 내고 눈칫밥 먹는 것도 싫지만, 남의 가족 일에 중간 다리 역할하는 것은 더 싫다. 나는 안다. 한번 틀어진 가족은 절대로 되돌아오지 않는다는 것을.

1년도 채 못 살고 집을 빼는 이유를 어떻게 말해야 하나. 수틀리면 그만두는 직장과는 사정이 달랐다. 이 집에는 내 전 재산이 보증금으로 물려 있다. 이만한 부자가 그 정도 여유가 없으랴마는 대개는 다음 세입자에게 받아서 주는 게 통상이다. 다만 내 사정을 봐서 다음 세입자를 구하기 전에라도 쳤으면 하는 마음이었다. 그에 걸맞은 핑계를 대야 했고, 아쉬운 쪽은 나였으니 시차를 계산해 그쪽에서 보기 편한 시간을 정했다. 문장을 몇번이나 수정해가며 겨우 보낸 메시지. 그리고 내 구구절절한 사연과는 비교되는 짤막한 답.

　―무슨 말인지 알겠어요. 내일 그쪽으로 누가 갈 겁니다.

　―네. 죄송합니다.

　용달차도 못 채우는 내 살림들. 나는 또 봇짐 장사치처럼 짐을 싸서 딱히 마음에 들지 않는 집으로 가야 할 거였다. 싱숭생숭한 밤을 보낸 다음 날, 오전에 부동산 중개인이 찾아왔다.

　"방 뺀다고 했다면서요. 근데 뭘 좀 확인해보라네요. 잠시만요."

중개인이 성큼성큼 안방으로 가더니 준비해 온 송곳으로 문손잡이를 열고 들어갔다. 그리고 곧 고개를 절레절레 흔들며 나왔다. 그러고는 내게 휴대전화로 영상을 보여줬다.

"난감하네. 집주인이 보내줬는데 확인 한번 해보세요."

그가 보여준 영상에는 엄마가 안방으로 들어가는 모습이 찍혀 있었다. 머리핀을 뽑아 문을 열고 들어가 잠시 뒤에 나왔다. 그 움직임이 어찌나 빠르던지. 그리고 또 하나의 영상. 이번에는 소파에 누운 엄마를 내가 거칠게 끌어내는 모습이 담겼다. 이 집에 CCTV가 있다. 도대체 어디에. 거실과 주방, 안방과 작은 방 입구를 한번에 볼 수 있는 위치. 저거다. 거실 커튼 봉 앞 천장에 레일 조명이 있다. 간격을 두고 까만 갓을 씌운 세개의 LED 전구가 달렸는데, 그중 가운데 전구가 CCTV일 거였다. 별다른 장식없이 단출한 거실에 포인트 조명으로 예쁘게 달았다고만 생각했다. 중문 옆 내 방은 각도상 찍히지 않는다. 마치 네구역은 신경 쓰지 않겠다는 것처럼. 자기 집 자기 영역 보호 차원의 CCTV. 엄마가 그곳을 침범했다. 내가 간이주방에서 미역국을 데우던 그 순간일 터였다. 중개인이 물었다.

"이분 누구세요?"

"……엄마예요. 무슨 일이라도 생겼나요?"

"안방 서랍에 돈을 뒀다는데 내가 보니까 없더라고요. 이 집안 식구들이 별난가봐. 그래서 정 아니다 싶으면 먹고 떨어져라 할 심산으로 둔 것 같아요. 계좌는 추적되니까 현금으로."

중개인이 서류철에서 A4용지를 꺼내 보여줬다. 집주인이 팩스로 보내줬다는 은행 거래명세서를 복사한 종이였다. 몇년 전에 인근 은행에서 찾은 천만원. 이해 못할 일은 아니다. 안 볼 수만 있다면 천만원이 대수인가. 나는 그 옛날에도 더 큰돈을 던져줬다. 물론 실패했지만. 내가 A4용지에서 눈을 뗐다. 뭐라고 할 말이 없었다.

"엄마한테 잘 말해서 도로 갖다 놓으라고 해요. 그러기 전에는 보증금 못 돌려준대. 어떻게 해봐요. 안 그러면 경찰에 신고한대. 혹시 알고 있었어요? 갑자기 왜 방을 빼나 했네……"

무슨 말을 해야 하나. 나는 일단 알겠다고 하고 중개인을 돌려보냈다. 엄마의 손버릇은 여전했다. 늘 없는 사람이 쌀 좀 펐다고 지랄이냐는 식이었다. 쌀뿐일까. 기회만 되면 뭐라도 들고 나왔다. 없이 산다고 양심까지 없어야 하나. 내가 이 집 물건에 손대지 않은 이유였다. 그런 엄마가 싫었으니까.

정말 어떡할까. 엄마야 뻔하게 나올 테지만, 그래도 전화는 해보았다.

"엄마 여기 왔을 때, 혹시 안방에 들어갔어?"

"미친년, 네년이 그렇게 지랄을 떠는데 내가 왜 들어가!"

"근데 도둑이 들었나봐. 안방 서랍에 뒀던 돈이 없어졌다네."

"어이구야, 얼마나? 내가 봤을 때는 텅텅 비었더만."

"안 들어갔다며."

"그까짓 거 아무나 여는 문, 잠깐 구경 좀 했다, 왜!"

"왜는 돈이 없어졌다니까 그렇지."

"하이고 꼬습다. 막말로 남이 세 사는 빈집에 돈뭉치 둔 년이 제정신이냐? 가져가라고 둔 거야. 내가 그런 년들 잘 알지. 돈 백 두고 몇천 털렸다고 사기 치는 년들. 그런 집 보험 들어 있다. 그거 다 보험금 타 먹으려고 쇼하는 거야. 에이, 천벌 받을 년들."

"……엄마야?"

"지랄, 그래 나다. 그 돈으로 유람선 타고 세계일주할 거다."

"가져와, 빨리……"

"이년이 또 지랄이네. 네년 때문에 가락지 도둑으로 몰려서 머리 죄 뜯긴 거 잊었어! 어디서 돈 구경도 못한 사람을 또 도둑년 취급해. 도둑질도 손발이 맞아야지, 거기서 훔쳐봐야 네년이 또 나불댈 거 빤한데 뭐 하러 훔쳐! 훔쳤어도 못 준다, 빌어먹을 년아!"

엄마가 먼저 전화를 끊었다. 나는 보일러 조작기가 달린 벽에 기대어 CCTV로 의심되는 전구를 노려봤다. 와이파이가 연결된 CCTV. 오래전부터 쓰던 인터넷 회선이고, 가족들 오면 필요해서 그대로 뒀다고, 역시 요금은 자동이체로 빠져나가니 나도 편하게 쓰라고 한 공유기다. 내가 공유기를 꺼뒀다면 저 CCTV는 파리와 공유될 수 없었다. 하지만 전원을 껐다 켜는 게 귀찮아 사실상 내내 켜뒀다. 그 때문에 엄마의 수상한 모습을 고스란히 파리로 보낼 수 있었다. 전등으로 위장해 전원을 연결한 걸까, 무선인 걸까. 관리는 누가? 정말 말도 없이 다녀가는 걸까. 얼굴 한번 본 적 없는 집주인이다. 해외 거주 중인 홍묵희씨, 위임장을 가진 중개인, 그리고 마스터키를 가진 조카. 당신들 중 누가 진짜 주인입니까.

나쁜 일은 참 빠르게 진행된다. 며칠 뒤 중개인에게서 전화가 왔다.

　"집주인이 방 빼라는데? 안 빼면 신고해서 강제 퇴거 들어간대요. 그 안에 빼든지 돈을 물든지 해요. 딱해서 어떡하냐. 엄마라고 참, 에이 몹쓸 양반. 아니 왜들 남의 걸 손대……"

　엄마가 범인일 거라는 정황 증거는 있는데, 아니라는 증거는 아무것도 없다. 돈 구경도 못했다는 엄마의 말뿐이다. 누가 믿어줄까. 헛웃음이 났다. 오만원권 백장짜리 두다발. 정말 있었을까 없었을까. 못내 미련이 남아 중개인에게 그런 돈을 집에 두는 사람이 과연 있느냐고 물었다가, 수억씩 두고 사는 사람도 많다는 답을 들었다. 나는 왜 그렇게 무기력했을까. 엄마의 손버릇으로 소란이 일 때마다 죄인처럼 가만히 있던 그 언젠가처럼, 이때도 맥없이 있을 뿐이었다. 내 보증금을 돌려받을 기대조차 할 수 없는 그 씁쓸한 상황에서도.

　──원주씨 좋은 사람이에요. 그래도 가족이라 어쩔 수 없이 함께 책임져야 할 일이 생기죠. 나도 잘 알아요. 앞으로는 행복하세요. 그동안 집 잘 봐줘서 고마워요.

─죄송합니다.

행방이 오리무중 한 내 보증금. 정작 빈털터리가 된 건 나인데 내가 할 수 있는 게 아무것도 없다. 나는 내가 들 수 있을 만큼의 짐가방을 챙겼다. 집주인처럼 먼 외국으로라도 도망치고 싶다. 그것이 불가능하니 방법은 하나였다. 행불자가 되는 것. 홍묵희씨, 주소 좀 두고 갑시다. 말소하든 말든 알아서 하십시오. 나는 잠시 중문 앞에 서서 집을 한번 훑었다. 모든 게 가려진 집. 왜 하필 딱 내 보증금만큼의 현금이 있었을까. 안방에는 왜 CCTV가 없을까. 정말 없을까. 만일 있다면 집주인은 결정적인 장면을 고의로 누락한 게 된다. 왜. 오히려 엄마가 범인이 아님을 밝혀줄 증거여서? 비단 엄마만 안방 출입을 한 게 아닌데 나는 왜 걸고 넘어가지 못했나. 조카와 친구들, 그리고 중개인. 불행하게도 이들은 집주인의 허가를 받은 합법적인 출입자들이다. 허가 없이 들어간 엄마만 불법이고 범죄였다. 출발부터 이러하니 모든 가정이 힘을 잃는다. 아니, 가정은 차치하고 내가 엄마를 믿지 못한다. 매번 아닌가 싶게 펄쩍 뛰다가도 결국 엄마가 범인이 맞았으니까. 그런데 수년간 청소를 맡은 조카는 왜 CCTV를 몰랐을까. 자기 모습을 이모가 본다는 걸 전혀 모르는 눈치였다.

CCTV는 중개인하고만 공유했다. 둘은 무슨 관계인가. 뭔가 석연치 않았다. 비상금이 가족 퇴치용이 아니라 어떤 미끼처럼 느껴졌다. 실재했다면 어떤 대상을 노린 미끼였나. 세입자? 조카? 그나마 조카는 챙기는 듯싶던데, 조카는 왜 그녀가 무서운 사람이라고 했을까. 조카는 어디까지 알고 있는 건가. 그동안 무슨 일이 있었기에…… 그래, 이 집. 진짜 미끼는 이 집이다. 나처럼 힘없는 세입자를 노린, 세입자를 기물파손이나 절도로 유도하는 미끼인 것이다. 집주인은 조카를 이용해 세입자의 견물생심을 부추겼다. 청소의 진짜 목적이 탐나는 물건들을 세입자가 보도록 흰 천을 벗기는 거라면? 맹랑했던 조카는 연기 잘하는 바람잡이? 그렇다면 청소는 구실이다. 공유기를 꺼둔 채 지내는 세입자라면 찾아와 켜두고, 나처럼 물욕 없는 세입자라면 흰 천들을 벗겨 유혹한다. 조카 말은 거꾸로 들어야 한다. 다른 세입자들처럼 아끼지 말고 쓰라고 한 건 그렇게 쓴 그들을 욕한 것이며, 절대로 만지지 말라고 한 건 오히려 금단의 열매를 따라고 부추긴 거였다. 어리다고 얕볼 게 아니다. ……하지만 제가 용돈 몇푼에 이용당하는 줄도 모르고 정말 나를 위해서 해준 말이라면? 그래, 조카는 아니라고 하자. 조카까지 엮으면 내가 더는

인간이라는 종을 믿을 수가 없다. 나를 위해서라도 하나
쯤은 인간적으로 남겨두자. 그럼에도 욕지기가 나왔다.
퉤! 나는 나를 첫눈에 홀린 하얀 폴리싱 타일에 침을 뱉고
그 집을 나왔다. 행불자로서의 첫걸음이었다.

오해의 숲

악연. 재영이 기필코 제 삶에서는 사용하고 싶지 않은 말이었다. 이미 지독한 경험을 한 터라 저 말의 악의를 다시 실감하고 싶지 않았다. 벌써 생겼던 일은 지울 수가 없기에 당시의 잔혹사로 묶어두고 살았다. 표시 내지 않고 담담하게. 그러나 악의 힘이란 게 얼마나 지독한지 하필이 시기에 불편한 우연으로 다시 나타났다. 재영이 퇴사하는 날 하윤이 첫 출근을 한 것이다. 많고 많은 회사 중에 왜 하필 재영이 퇴직하는 회사로 하윤이 입사한 것인가. 악의 힘이 개입하지 않고서는 불가능한 일이었다. 재영은 기운이 죽 빠졌다. 자신의 힘으로는 어찌할 도리가 없었다. 퇴사가 하루만 빨랐다면 어땠을까. 무의미한 가정이지만 바보처럼 계속 되뇌었다. 그리고 결국 하윤이 신입 인사차 사내를 도는 과정에서 맞닥뜨리고 말았다.

어, 너…… 먼저 반응한 건 하윤이었다. 그 때문에 함께 방문한 조차장이 관심을 보였다.

"둘이 아는 사이야?"

"친구예요."

"대학?"

그러자 재영도 마지못해 살갑게 웃으며 대답했다.

"고등학교요. 근데 아쉽게도 저는 오늘 퇴사예요."

"알지. 같이 있었으면 얼마나 좋았겠어. 아쉽겠다."

안 볼 사람이면 웃으면서 떠나라. 재영 아버지의 충고였다. 인간은 속이 좁은 존재라 웃고 떠난 사람은 쉽게 잊어도 의 상하고 떠난 사람은 무덤까지 기억한다. 너 없는 곳에서 너의 얘기가 나올 때 너를 되게 나쁜 사람으로 만들 수도 있어. 아직 별일 없을 때 웃는 얼굴로 떠나. 재영은 아버지의 조언에 따라 하윤을 피했더랬다. 한때 잠시 어울렸으나 친구로 소개하고 싶지는 않은 애. 그랬는데 10여년이 지난 뒤에 나타난 하윤이 덜컥 친구라고 해버렸다. 내가 왜 네 친군데. 하윤의 등장으로 자신의 퇴사에 쐐기가 박히는 것만 같았다. 하루만 버티면 된다고 애써 마음을 다잡아도 속이 타는 건 어쩔 수 없었다. 침착해. 한번만 더 웃으면서 떠나면 되는 거야. 과거를 드러내고 싶지 않은 사람은 재영 자신이었으므로 하윤의 심기를 건드리면 안 됐다. 재영은 떠나고 하윤은 남는다. 남은 하윤이 자신을 이상한 사람으로 몰아도 떠난 재영은 사실을 바로잡기 어렵다. 우연히 반갑게 만나 아쉽게 웃는 얼굴로 떠난 친구가 되어야 했다. 웃으며 떠난 친구를 험하게 말하지 못하도록. 그러나 불편한 재영의 속내를 알 리 없는 조차장이 기어코 둘을 챙겼다.

"송대리야, 오랜만에 만났는데 이따 둘이 점심이라도 같이 해라."

"점심은 저희 팀하고 선약이 있어요. 하윤아, 끝나고 차 한잔하자."

"그래. 이따 보자."

하윤이 가벼운 웃음을 보이고 조차장과 함께 다른 부서로 이동했다.

*

열여덟 고2. 학년 초에는 다섯이 몰려다니다가 2학기 때는 셋으로 줄었다. 그리고 겨울방학을 앞두고는 셋이 둘이 됐다. 재영과 하윤. 학년 초 어수선한 분위기에서 애가 쟤 중학교 친구고 쟤가 얘 초등학교 친구라며 소개를 주고받으면서 어울렸다. 이때 재영과 하윤은 처음 만났는데, 소개로 뒤늦게 어울린 까닭에 친밀도가 본래 친구들보다 낮을 수밖에 없었다. 그러나 낮은 친밀도가 오히려 적당한 거리를 형성해 마지막까지 갈등 없이 지낼 수 있는 기제가 되었다. 그랬는데 겨울방학 중 어느 날, 재영이 하윤의 집에 가게 되었다. 난방 되는 아파트 실내가 무척 건조했다. 하윤의 집에는 가습기가 거실에 하나 하윤의 방에 하나 있었다. 하윤의 방 가습기는 간편식으로 페트병에 물을 받아 꽂기만 하면 됐다. 하윤이 가습기에 꽂혀 있던 빈 생수 페트병을 뽑았다. 건조하지? 물 가져올게. 재영은 당연히 수돗물을 받아 올 줄로 알았다. 그러나 하윤이 가져온 건 2리터짜리 새 생수였다.

"너 가습기에 생수 쓰니? 엄마가 뭐라고 안 해?"

"몰라. 물 받기 귀찮아."

또독. 하윤이 뚜껑 딴 생수를 가습기에 꽂았다. 꾸르륵 물 채워지는 소리가 나고 가습이 시작됐다. 재영은 그게 왜 불편했을까. 가습기에 굳이 생수를? 하는 생각도 잠시 했으나 생수냐 수돗물이냐 하는 문제는 분명 아니었다. 아마도 너무 쉽게 귀찮다고 한 말 때문인 듯했다. 주방에서 생수병에 물 받는 건 귀찮고 다용도실에서 비닐 포장을 북 뜯고 새 생수를 꺼내 오는 건 귀찮지 않나. 딱히 지적할 사항은 아니지만 이상하게 거슬렸다.

"거실 가습기는 안 채워?"

"몰라. 나 저거 한번도 안 채워봤어."

"……"

그날 재영이 하윤의 집에 간 건 새로 샀다는 팩 때문이었다. 얼굴에 바르고 적당히 마르면 물로 씻어내는 흔한 팩이지만, 그때는 뭐가 좋다고 하면 귀가 솔깃해지는 시절이었다. 내 거 써보고 좋으면 너도 사. 화장실에서 재영이 먼저 하윤의 설명대로 얼굴에 팩을 발랐다. 좀 두껍게 발라. 거울을 보며 손으로 처덕처덕 바르고 세면대 수돗물에 손을 씻었다. 그리고 물을 껐다. 재영을 지켜보던 하윤도 제 얼굴에 팩을 발랐다. 그러고는 역시 수도를 틀고 손을 씻었는데, 다 씻고도 끄지 않았다. 팩이 마르길 기다리며 거울만 보는 5분여 동안 내내 물이 쏟아졌다. 팩이 대충 마르고 재영이 어디서 씻어내느냐고 물었다.

"여기서 씻지 어디서 씻어."

"진흙 같아서 막힐 거 같은데. 대야 없어?"

"됐어, 난 맨날 그냥 씻어."

하윤이 대수롭지 않게 먼저 팩을 씻어냈다. 그 바람에 세면대 하수구 쪽에 굳은 팩 덩어리가 쌓였다. 물도 잘 빠지지 않았다. 그러자 손으로 대충 긁어 변기 옆 휴지통에 내던졌다. 던지면서 팩 덩어리는 물론 진흙 성분의 허연 물기가 바닥과 변기에 마구 떨어졌다.

"그냥 벅벅 씻으면 안 돼. 물을 충분히 묻혀서 씻어야 잘 떨어져."

하윤이 말하면서 옆으로 비켜섰다. 재영은 차마 그대로 할 수 없어 물을 얼굴에 듬뿍 묻히고 팩을 최대한 덩어리지게 떼어낸 뒤 휴지에 잘 말아 휴지통에 넣었다. 나름대로 신경 써서 떼어내고 세수했지만, 하얀 세면대에 회색 팩 잔여물이 지저분하게 묻는 건 어쩔 수가 없었다. 물을 끼얹어 닦아내긴 했으나 하윤이 함부로 씻어낸 팩 덩어리가 작은 하수구 망에 쌓여 오물처럼 고였다가 천천히 내려갔다.

"이거 망 빼서 좀 털어내야 할 것 같다."

"찝찝해, 만지기 싫어. 거울 봐봐. 되게 좋아졌지?"

"……"

재영은 그제야 거슬림의 진짜 이유를 알았다. 문제는

생수가 아니었다. 몰라,라는 말의 뉘앙스 때문이었다. 하윤이 습관처럼 쓰던 말이어서 무심코 흘렸다. 솔이 왜 안 오지? 몰라, 그냥 먹어. 같이 갈 걸 그랬나? 됐어, 애냐? 그동안 하윤의 그런 무심함은 자신도 솔을 안 챙겼다는 죄책감을 살짝 씻어내는 면도 없지 않아 있었다. 그랬기에 그때는 딱히 거슬리지 않았을 터였다. 몰라, 됐어. 그런데 이날 비로소 저 말들이 내 알 바 아냐,로 들렸다. 친구면서 알 바 아닌 취급을 당하는 게 께름직한 애들은 일찌감치 하윤을 피했을 거였다. 눈치 없는 자신만 여태 남은 것일까. 이날은 왜 이런 하윤의 태도가 유독 거슬렸을까. 아마 이때는 알 바가 아닌 대상이 하윤의 어머니였고, 집이라는 한정된 공간이었기 때문일 수도 있었다. 하윤은 어머니와 둘이 살았다. 어머니와의 사이가 어떤지는 재영이 알 수 없다. 그러나 저것은 태도 문제였다. 어머니가 뭐라고 하는 것도 알 바 아니고, 가족용 가습기도 알 바 아니고, 제가 난장판으로 만든 화장실도 알 바가 아니면, 도대체 이 집에서 하윤의 알 바는 무어란 말인가. 제 알 바가 아닌 집에 친구는 왜 데려왔나. 지저분한 화장실을 보고 어머니가 뭐라고 하면 친구랑 팩했다고 하겠지. 괜히 놀러 갔다가 남의 집만 엉망으로 만든 애가 된 기분이었다.

저런 일로 하윤이 어머니와 다투든 말든 그거야말로 재영이 알 바가 아니었다. 다만 다투는 중에 자신도 언급될 게 기분 나빴다. 이토록 찜찜한 친구네 방문이 또 있을까. 팩을 마치고 하윤이 치킨을 시켜 먹자고 했으나 재영이 고개를 저었다.

"엄마가 라텍스 장갑 좀 빨리 사 오래. 나 그만 가봐야겠다."

거짓말이었다. 그저 그 집에서 빠져나오기 위해 지어낸 말이었다.

재영은 이미 하윤에게 마음이 멀어졌지만, 하윤은 눈치채지 못하고 날마다 재영을 찾았다. 학교에서라면 다른 애들한테 섞여 적당한 핑계로 피했겠으나 하필 방학 중이어서 난감했다. 학원이 같은 게 문제였다. 학원 가자. 몇시에 나올래? 따지고 보면 하윤이 재영에게 딱히 잘못한 건 없다. 갑자기 왜 그러냐고 물으면 딱 꼬집어 할 말도 없다. 싫은데 헤어질 이유를 단박에 댈 수 없는 상태. 어쩔 수 없이 아버지에게 조언을 구했다.

"딸, 너는 우리 가습기에 물 몇번 채워봤어? 화장실 청소는 해봤어? 그냥 개한테 호감이 없는 거야. 친구의 친구로 소개 받고 끝나야 했는데, 친구는 잃고 소개 받은 애들 끼리 다녀. 다른 애들은 벌써 다 피한 애를 너만 바보처럼 붙어 있는 것 같으니까 짜증나지? 그러니까 하는 짓마다 밉고 거슬리는 거야. 너도 이젠 미리 피한 애들 무리에 속하고 싶은 건 아냐?"

"뭘 친구를 잃어. 학교에서는 다들 얘기도 하고 장난도 쳐. 근데 이상하게 결국에는 하윤이랑만 남게 되니까 그렇지. 소개 받은 애들끼리 남은 게 좀 그래……"

"친구로 폭탄 돌리기 한 거야 뭐야. 친구인 척 소개하고 얼른 던져줬는데 아무도 안 받는 바람에 폭탄끼리 남은 것 같네. 둘이 한번 떨어져봐. 그러면 누가 진짜 폭탄이었는지 알 수 있잖아. 먼저 피한 애들이 손잡지 않는 애. 근데 만약에 그게 너라면 감당할 수 있겠어? 하하하. 농담이고, 싫은 애하고 친구 하는 것도 감정 노동이야. 다른 애들처럼 자연스럽게 멀어져. 수능 앞둔 고2잖아. 공부 핑계 대고 적당히 피해."

재영의 어머니도 거들었다.

"폭탄은 무슨, 시답잖은 소리 좀 하지 마. 적당히 피하라는 건 또 뭐야. 그게 말처럼 쉬워? 얼마간은 엄마가 너 좀 데리고 다녀야겠다. 애가 이상하긴 하네. 수능 1년도 안 남았는데 스트레스 받는 애 옆에 두면 안 돼. 괜히 성적만 떨어져."

재영의 어머니가 엄한 수험생 어머니 역할을 자처했다. 하윤과 멀어질 때까지 경차에 재영을 태워 등하교는 물론 학원과 과외까지 극성맞게 붙어 다녔다. 재영 옆에 누구라도 있으면 지금이 친구와 어울릴 때냐고 다그쳤다. 재영은 표면상 무서운 어머니 때문에 하윤을 포함한 그 누구와도 티 나게 어울릴 수 없었다. 그리고 그 상태로 고3이 되었다. 다행히 하윤과 반도 갈라졌다. 가끔 복도에서 마주쳐도 크게 염려될 게 없었다.

"재영아, 너 또 솔이랑 같은 반 됐지?"

"우리 엄마 때문에 솔이고 뭐고 친구는 다 끝났다. 가출할까?"

"까분다. 엄마가 데리고 다닐 때가 좋은 거야."

"좋긴 뭐가 좋아. 아, 엄마 교문 앞에 왔다고 문자 왔다. 먼저 갈게!"

완곡한 이별. 그때는 수능이라는 대망의 과제가 있었다. 친구와 어울리지 못할 그럴싸한 핑계. 재영은 그렇게 하윤을 피했고, 일찍이 멀어진 애들은 재영을 꼭 그렇게 피했다. 감당할 수 있겠어? 그런 사실을 차마 부모님에게 말할 수도 없었고, 혼자 감당하기에도 무척 괴로웠다. 설마 자신이 폭탄일 줄은 꿈에도 몰랐으니까. 그렇다고 뒤늦게 마지막까지 곁에 있어줬던 하윤에게 돌아갈 수도 없었다. 어느새 하윤도 바쁜 고3이 되어 곁을 쉽게 내주지 않았다.

"바꾼 학원 시간표 때문에 빨리 가봐야 해. 먼저 갈게."

주제도 모르고 피했다가 결국 하윤까지 잃고 만 것이었다.

*

팀원들과 점심을 먹은 뒤 들른 화장실에서 재영은 하윤과 마주쳤다. 하윤이 거울을 보며 양치질하고 있었다. 수돗물을 콸콸 틀어둔 채. 재영이 소변을 보고 나와 손을 씻을 때까지. 애가 변하지도 않네. 재영이 옆 세면대에서 손을 씻었다.

"스카우트 된 거야?"

"아니, 채용 공고 보고 지원했지."

"잘됐다. 여기 괜찮아. 잘 지내봐."

"괜찮은데 넌 왜 나가는 거야? 더 괜찮은 데로 가는

거야?"

"더 괜찮기는 무슨……"

재영이 물을 끄고 종이타월을 뽑으며 대답을 흐렸다. 퇴사 이유를 누구에게도 말할 순 없겠지만, 하윤이라면 더더욱 밝힐 수 없었다. 재영은 올해 초 마케팅팀에서 영업팀으로 부서 이동을 했다. 인력 보충이 필요하다는 도식적인 이유와 형식적인 면담을 통한 이동이었다. 두 부서가 때때로 팽팽한 신경전을 벌이는 까닭에, 누구는 부서 간 좋은 가교가 생겼다며 듣기 좋게 치켜세우기도 했다. 그러나 재영 자신은 어느 쪽에도 제대로 속하지 못한 처지가 된 것만 같아 기분이 썩 좋지는 않았다. 그럼에도 회사 결정에 반기를 들 순 없으니 열심히 해보겠다는 다짐과 함께 웃어넘겼다. 따지고 보면 부서 이동이 재영에게 썩 나쁜 것만은 아니었다. 언젠가부터 껄끄러워진 조차장 때문이었다. 괜히 긁어 부스럼이 될 듯해 까닭은 물을 수 없었지만, 그 상태로 불편한 상사 밑에 있느니 차라리 부서를 옮기는 게 나을 수도 있다. 그렇게 생각을 바꾸자 마음도 편했고 일도 손에 붙었다. 영업팀에서의 3분기는 나름 순탄했다. 그러나 어느 회식 자리에서 부서장이 조차장 얘기를 흘린 뒤로 상황이 바뀌었다.

"역시 우리 송대리. 조차장이 괜히 추천한 게 아니었다니까."

몇 순배나 돈 술이 확 깨는 순간이었다.

목격일 것도 없었다. 그냥 본 거였다. 게다가 조차장은 늘 제 입으로 떠들었다. 탕비실 비품을 가끔 챙겨간다고. 당 떨어지면 먹어야지. 비단 조차장뿐일까. 비스킷 따위의 간식을 챙겨 책상 서랍에 넣어두고 먹는 건 흔한 풍경이다. 다만 재영이 퇴근길에 잠깐 들어간 탕비실에서 조차장이 숄더백에 차와 간식을 생각보다 많이 챙기는 모습을 본 게 화근이었다. 나 이거 너무 맛있더라. 자기도 가져갈래? 벌써 몇개씩 챙겨뒀죠. 잘했다. 그날은 그렇게 넘어갔다. 그리고 어느 날 점심시간, 식사를 마치고 온 재영이 자리로 가는 중에 조차장이 책상 밑에 둔 숄더백에 얼그레이 티를 한움큼 넣는 모습을 또 보았다. 그때는 솔직히 너무하네,라고 속엣말을 했었다. 하지만 못 본 척 넘어갔다. 조차장은 늘 회사 비품들을 알뜰하게 챙겼다. 그래도 욕을 먹지 않은 건 팀원들 몫까지 챙겼기 때문이다. 세제 회사 다니면서 세제 사서 쓰면 되겠니? 주는 거 받는 처지에서는 옳다구나 맞장구치지만, 다른 부서 사람들은 종종 눈살을 찌푸리기도 했다. 직접 써봐야 전략도 세우죠! 낭창한 뻔뻔함. 매력이라면 매력이었다. 물건을 팀원들과 대놓고 나눌 때는 저토록 당당했더랬다. 그런데 재영이 본 그 두번은 아무래도 혼자 몰래 챙기다 걸렸다는 민망함 때문이었을까. 재영은 그 일에 아무 반응을 보이지 않았는데도 조차장의 태도가 변했다. 아니, 변한 듯했다. 뜬금없이 친절했다가 뜬금없이 냉담했다가. 회의 때도 재영은 발언 기회도 못 얻거나 무시되는 일이 잦아졌다. 됐어, 이 정도면 괜찮아. 영업 애들 징징대는 게 어제오늘이야? 머리를 써주면 발로 뛰어야 할 거 아냐. 그리고 그렇게 비웃던 부서에 재영을 추천했다. 직장에서 다시 당한 폭탄 돌리기였다.

그동안 재영이 빠진 마케팅팀은 인원 보충이 없었다. 뭐랄까, 너 빠져도 여기 잘 돌아가, 그런 느낌이었달까. 그러다 마침내 경력직 사원을 보충했다. 정하윤. 재영이 빠진 자리에 하필 하윤이 들어왔다. 알게 되겠지. 그 자리가 처음에는 내 자리였다는 걸. 진즉에 내가 폭탄이었음을 알았다면 옆 부서로 돌려지기 전에 나왔을 테고 그랬다면 하윤과도 마주치지 않았을 거였다. 하윤은 폭탄을 던진 당사자는 아니지만 그것을 지켜본 애였다. 폭탄을 던진 애도, 구경했던 애들도, 폭탄이었던 자신도 콕 집어 지적할 만한 잘못은 없었다. 오히려 그게 문제였다. 명백한 잘못이 있으면 잘잘못이라도 따질 텐데 이 경우는 대상에 대한 선호도 문제였다. 제아무리 성능이 좋아도 싫은 제품은 안 쓰듯, 재영도 영문 모를 싫은 애로 분류돼 기피 대상이 된 거였다. 이게 더 비참했다. 실낱같은 자존심으로 겨우 버텼다. 내가 뭘 어쨌는데. 나도 너희한테 호감 없어. 이때의 상처로 재영은 대학 때도 친구 하나 만들지 않았다. 그나마 숨통이 트인 건 취직하고 난 뒤였다. 직장에서는 친구 관계로 골머리를 썩일 필요가 없었다. 나름대로 순탄한 직장생활이었다. 영업팀은 물론 전 부서인 마케팅팀 팀원들과도 그럭저럭 잘 지냈다. 만나면 장난치고 농담도 곧잘 했다. 그런데 알고 보니 순탄했다는 건 자신만의 착각이었다. 그 옛날 고등학교와 현재의 직장 풍경이 전혀 다를 게 없지 않나. 싫어도 학교에서만큼은 웃고 떠들던 애들. 싫어도 직장에서만큼은 웃고 떠든 동료들. 더는 남 탓만 하기가 어려웠다. 상사에게라도 잘 보일걸. 조차장을 보고 왜 못 본 척 등을 돌렸을까. 장난스럽게 뭐냐고 물었으면 조차장 성격에 얼그레이, 사람들 없을 때

자기도 빨리 챙겨,라고 했을 거였다. 공범이 되지 못한 까닭에 불편한 목격자만 되고 말았다. 등 돌린 침묵은 옹호가 아니라 지적이었다. 재영은 그런 자신이 미웠다. 왜 그토록 사소한 것들을 그냥 넘기지 못하는지. 왜 꼭 속으로라도 한마디씩 하고 넘어가는지. 쯧쯧쯧, 하는 짓 봐라. 속엣말이 표정으로 나왔을지도 몰랐다. 사회생활에 너무 미숙했다. 자꾸 위축됐고 자존감마저 뚝 떨어졌다. 직장생활이 어려울 지경으로.

하윤이 양치질을 마치고 손을 씻었다. 재영이 사용한 종이타월을 휴지통에 버리고 옆으로 비켜섰다. 하윤이 타월을 한장 뽑아 손을 닦았다. 순간 재영의 가슴이 덜컥했다. 하윤이라면 쓸데없이 두세장 착착착 뽑아 쓰리라 생각했고, 그 찰나에 어디 두고 보자는 심산으로 타월에서 물러선 것이다. 지켜보는 눈. 사람들은 이런 내 모습이 싫었던 거야. 왜 이면지로 안 쓰지? 안 먹고 버릴 걸 왜 쟁여둔 거야. 사무실에서 꼭 저렇게 시끄러운 기계식 키보드를 써야 하나? 표정으로 읽은 힐난. 나 같아도 싫었겠다. 종이타월도 그렇다. 그냥 한장 뽑아서 건넸어야 했다. 아니, 그랬으면 또 은연중에 한장만 쓰라고 권고하는, 저만

도덕적인 척 구는 모양새로 비췄을지도 몰랐다. 폭탄의 운명이다. 싫은 사람의 행동은 대개가 부정적으로 해석된다. 싫은 사람은 뭘 해도 싫으니까. 이런 존재가 되면 좋은 기회를 얻기도 힘들고, 맡기 싫은 일만 팀원들의 암묵적 찬성으로 떠맡게 된다. 이번 건 아무래도 송대리가 낫겠지? 처음도 아니면서 왜 바보처럼 빨리 눈치채지 못했을까. 애써 묻어둔 상처가 재발했다. 아무도 받아주지 않을 아픔인 까닭에 눈물조차 보일 수 없었다. 힘들었다. 재영이 괜히 옷매무시를 가다듬으며 거울을 보았다. 하윤이 물었다.

"이따가 저 앞에 스타벅스에서 볼래?"

"……그래, 그러자."

하윤이 칫솔 세트를 들고 먼저 화장실에서 나갔다. 자리로 돌아가도 딱히 할 일이 없는 재영만 그대로 남아 있었다.

*

흔한 작별이었다. 제대로 된 회식도 못하고 가서 어떡하냐, 차라리 고과에 목매지 않고 엄마 일 돕는 게 낫다,

근처 지날 때 있으면 와서 차 한잔하자 등등. 조차장까지 쇼핑백에 세제를 듬뿍 챙겨 왔다.

"내가 줄 게 이것밖에 없다. 떨어지면 찾아와. 또 챙겨 줄게."

사실 조차장의 이런 행동은 은근히 손이 많이 간다. 세제회사라고 해서 마구 가져가도 되는 세제가 여기저기 널린 게 아니다. 적당한 구실로 비품을 신청해야 한다. 누구는 귀찮아서라도 안 받는다고 혀를 찰 정도다. 자기 애들 자기가 안 챙기면서 누구한테 뭐라 해? 조차장은 팀원을 그렇게 불렀다. 재영도 한때는 그녀의 애였다. 그녀 덕에 우쭐했고 키득키득 깔깔 웃을 수 있었다. 돌아보니 멋모르던 그때가 차라리 좋았다. 환하게 웃으며 배웅하는 동료들을 뒤로하고 재영은 회사를 나왔다. 그리고 먼저 카페에 도착해 하윤을 기다렸다. 옆자리에 놓은 회사 쇼핑백에 자꾸 눈길이 갔다. 재영의 첫 직장. 꽤 탄탄한 중소기업이었다. 중소기업은 마케팅으로 버티는 거라며 조차장은 늘 팀원을 격려했다. 마치 자신들이 다른 직원들을 다 먹여 살리는 것처럼. 그러니 괜히 어깨에 힘이 들어갈 수밖에 없었다. 이토록 쓸쓸한 퇴사는 상상조차 못했던 그때에는. 오늘 회사를 나서는 뒤통수가 어찌나 뜨겁던지.

다들 지금쯤 환호성을 지르고 있겠지. 동료인 까닭에 억지로 미소 지어야 했던 감정 노동에서 이제 벗어났으니까. 남겨질 하윤과 남은 자들이 나눌 얘기도 두려웠다. 걔 고등학교 때도 그랬어요. 그랬구나. 아니, 무슨 애가…… 자신이 없는 곳에서 자신에 대해 떠드는 모습이 그려졌다. 하윤은 왜 그때마다 함께 있나. 한 사람에게 같은 일을 두번이나 목격당하니 재영은 자신이 폭탄으로 박제되는 기분마저 들었더랬다. 너무 잔인한 우연 아닌가. 바보처럼 무슨 말을 듣자고 이렇게 기다리고 있나. 급한 일이 생겨 먼저 간다고 문자 보내놓고 그만 일어날까. 재영이 휴대전화를 꼭 쥐고 고민했다. 그러는 동안 하윤이 벌써 카페로 들어오고 말았다. 아메리카노를 주문하고 옆에 잠시 대기했다가 받아서 왔다. 재영이 들고 있던 휴대전화를 슬쩍 내려놓았다.

"생각보다 일찍 왔네."

"차장님이 너 만나는 거 알고 빨리 가라더라."

"……"

"우리 몇년 만이냐. 한 10년 넘었나?"

"……시간 참 빠르다. 잘 지냈어?"

"대학원 갈 생각으로 잘 다니던 회사 나왔는데, 나와보니까 그쪽이 더 빡세더라고. 더 늦기 전에 다시 취업했지. 너?"

"……엄마가 가게 낸다고 도와줄 겸 좀 쉬라고 해서."

"맞다, 너희 엄마 너 되게 아꼈다. 잘 계시지?"

"되게는 무슨, 엄마들 다 똑같지 뭐."

"그래도 너희 엄마처럼 맨날 데리고 다니면서 경호하는 엄마들은 별로 없었어."

"아아, 그게 무슨 경호야, 감시였지…… 애들은 잘 있어? 아직도 연락하니?"

"몰라, 어디서든 잘 살고 있겠지. 근데 박솔은 가끔 생각나더라. 너무 들러붙으니까 짜증났었는데, 시간이 지나서 그런지 딱한 것 같기도 하고 좀 그렇더라고."

"솔이가 그랬었나? 나는 딱히 기억에 남는 일이 없는데……"

"사람 가려가면서 징징댔으니까. 누가 화장실 가자고 하면 보통은 안 마려워도 같이 가주는데, 너는 난 지금 안 가, 그러면서 딱 끊는 스타일이었잖아. 그러니 너한테 비볐겠냐?"

"내가 그랬나?"

"아침에도 그랬잖아. 차장님한테 점심 선약 있어요, 하

오해의 숲   195

하하. 어떻게 변하지도 않냐. 하여간 솔이 걔가 누구 콕 집어서 유독 더 친한 것처럼 얼마나 엉겼는지 몰라. 다른 애들한테 그럴 땐 그러려니 했는데, 내가 당하니까 너무 피곤한 거야. 지희랑 유담이가 괜히 따로 다녔겠냐. 걔 질려서 피한 거야. 그래서 나한테 붙었잖아. 그거 뭐야? 기다려줘, 같이 가자, 징징징. 징그럽게 왜 친구한테 애착을 유도해. 너 같은 성격이 훨씬 나아. 이건 이거, 저건 저거, 아니면 말고. 신경 끄고 너하고만 있으니까 알아서 떨어지더라. 엉길 만한 애 찾으러 간 거지. 그러다 고3때 걔 또 너하고 같은 반 돼서 다시 너랑 다니려고 했던 거 알아? 아닐 수도 있겠지만, 이상하게 너 화장실에 있을 때는 걔도 있고, 교실 나올 때도 뒤따라 나오더라. 근데 그게 언제였더라, 한번은 너희 엄마가 차 앞에서 박솔을 쫙 째려보는 거야. 살벌하더라. 솔직히 말해봐. 너희 엄마 박솔 때문에 같이 다닌 거지? 맞지? 초장에 확실하게 잡으시던데."

"……."

"잘했지 뭐. 친구라고 계속 시달릴 순 없잖아. 경호가 별거냐? 그런 게 수험생 경호지."

재영의 눈에 눈물이 차올랐다. 폭탄 돌리기. 아버지가 저 말을 한 다음부터 재영은 내내 시달렸다. 가슴에 척 들어앉은 폭탄을 빼낼 수가 없었다. 감당할 수 있겠어? 과연 감당이 가능한 일인가. 그 일은 고교를 졸업했다고 해서 끝난 일이 아니었다. 시간으로도 치유할 수 없는 상처였다. 매사에 되도록 예스만 했고, 누구와도 너무 친밀한 관계가 되지 않도록 선을 긋고 살았다. 관계가 가까워지면 상대가 나 자신도 여전히 모르겠는 나의 어떤 부정적인 모습을 발견할까 두려웠다. 개개인의 잣대로 형성되는 싫음의 감정은 노력으로 벗어날 일이 아니었으므로 미리 담을 쌓고 경계한 것이다. 따로 만나 어울리는 친구나 동료가 없는 까닭이었다. 스스로 갇혀 산 삶. 사소한 한마디도 절대 허투루 들을 수 없는 민감한 시기에 아버지가 한 농담 때문이었다. 왜 그랬어요, 왜! 재영이 기어코 눈물을 쏟았다. 하윤이 냅킨을 건넸다.

"너무 마음 쓰지 마, 그땐 어쩔 수 없었잖아. 애 하나 피하려고 뿔뿔이 흩어진 건 나도 마음에 걸리지만, 솔직히 난 걔가 지금 나타나도 똑같이 할 것 같아. 짐도 그런 짐이 없었다니까. 걘 자기가 알아서 살아야 해, 어쩌겠어. 그래도 너희 엄마 덕에 우리까지 핑계 생겨서 각자 고3 잘 마쳤다. 다들 악착같이 공부했지. 너희 엄마 말마따나 친구는 어림도 없었어."

"……"

그때 조차장이 카페로 들어섰다. 재영이 눈물을 막 훔쳐내던 순간이었다.

"무슨 일이야? 아직 있을 것 같아서 와봤더니, 우리 송대리 왜 이래? 무슨 일 있었구나? 그래서 그만둔 거지? 아니, 영업팀 인간들, 그렇게 애를 탐낼 때는 언제고! 열받네, 전화 좀 해보자."

"아니에요…… 그런 거 아니에요."

"뭘 아냐! 내가 잘 부탁한다고 신신당부했는데도 지랄을 떨었어? 너 보내는 거 미안해서 얼굴도 제대로 못 봤다. 근데 어쩌냐, 벌써 위에서 그렇게 가닥을 잡았는데…… 이왕이면 잘 봐달라고 잔뜩 추천했더니 말짱 소용없었네."

"차장님, 얘 진짜 그래서 운 거 아니에요."

"……아냐? 그럼 왜 그러는데?"

"우리 학교 다닐 때 좀 그런 일이 있었거든요."

"됐어, 그런 거 아냐……"

"그것도 아니야? 그럼 왜 우는데!"

재영은 목이 메었다. 오해가 난무한 과거. 이 오해의 싹은 언제부터 피었나. 자신이 폭탄이 아니었다는 사실은 당연히 기뻤다. 그러나 그와 유사한 존재가 실재했었다는 건 유쾌한 일이 아니었다. 재영이 마냥 기뻐할 수만은 없는 이유였다. 그 심정을 누구보다 잘 아니까. 어쩌면 솔은 재영 역시 자신을 피한 친구로 기억할지도 몰랐다. 하지만 재영의 어머니는 솔을 떼어놓으려고 억척을 떤 게 아니었다. 당시 재영의 성격이 딱 부러졌든 어쨌든, 솔은 재영을 힘들게 하지 않았다. 어머니는 하윤을 막기 위해 불특정 다수를 통제했는데, 아마도 같은 반이어서 교문을 함께 빠져나온 일이 잦았던 솔이 집중포화를 맞은 듯했다. 하윤만 신경 쓰느라 솔을 등한시했다. 친구 어머니가 노려본 눈빛. 솔은 그 눈빛을 어떻게 해석했을까. 재영이 오랫동안 품었던 폭탄처럼, 솔 역시 그 눈빛을 품은 채로 살고 있지는 않을까. 왜 하필 별 마찰 없이 지냈던 솔에게 그런 상처를 주었나. 재영은 그저 제 상처만 아파했을 뿐, 정작 자신이 솔에게 준 상처는 전혀 모르고 있었다. 제발 수험생 딸을 통제하는 엄마의 억척스러운 눈빛으로 봐줬기를 기대할 수밖에 없었다. 착잡했다. 그렇다고 경계 대상이 솔이 아니었다고 하윤의 오해를 풀어낼 수 있을까. 솔이 아냐, 너야. 이러면 마주한 현실이 꼬였다. 어쩌면 솔 역시 폭탄이 아닐 수도 있다. 우선 재영 자신부터 그런 이유로 멀어진 게 아니지 않나. 과연 폭탄은 누구였나. 끝내 솔과 자신마저 피했던 하윤? 아니, 폭탄의 실체가 있기는 한가. 맥없이 재영 자신이라고 오인한 탓에 옛 상처를 현재의 직장에까지 끌고 와버렸다. 흔한 인사이동마저 곡해했다. 그릇된 상처로 빚은 망상 속 세상에서 얼마나 많은 사람을 원망했나. 기가 찰 노릇이었다.

"차장님…… 세상이 온통 오해로 엉킨 것 같아요."

"왜, 뭐 오해한 거 있어? 그래도 너무 신경 쓰지 마. 풀릴 건 알아서 풀리고, 안 풀릴 건 진실을 들이대도 안 풀려. 피곤하게 오해 풀겠다고 덤비는 게 더 짜증나. 누가 뭐라든 갈 길 가. 누군들 오해 하나 없이 살겠어. 나도 여고 나왔는데, 그때 친구 관계에 질려서 돌아보고 싶지도 않아. 끈끈한 정? 다 허울이야. 사회적 거리 두기 알지? 사실 이게 제일 속 편해."

"차장님 회사에서 끈끈하게 팀원 잘 챙기기로 유명해요. 큰언니처럼."

"회사에서만 잘 챙기지 밖에서 내가 뭐 하는 거 봤어?"

"아…… 그럼 여긴 왜 오셨어요, 회사 밖인데? 심지어 전 퇴사했잖아요."

"있으면 밥 한끼 먹여서 보내려고 왔지. 나하고 제일 오래 근무했잖아."

"봐요, 말만 그러고 행동은 되게 끈끈하잖아요."

"자기는 내 아픈 손가락이거든. 배고프다. 밥 먹으러 가자."

카페를 나오면서 재영이 크게 호흡했다. 남 걱정할 때가 아니었다. 당장은 해묵은 맘고생에서 벗어난 안도의 기쁨이 더 컸다. 얼마나 힘들었나. 이미 멀어진 친구들과 벌써 내버린 사직서도 후회하지 않을 생각이었다. 이쯤에서 생의 한 막을 그렇게 내리고 정리하고 싶었다. 비틀린 과거를 되돌릴 순 없지만, 비틀렸음을 자각한 때에 생을 한번 정리하는 것도 나쁘지 않았다. 착각과 오해로 인한 창살. 새 삶의 시작은 창살 밖의 생일 것이었다. 그것만으로도 이미 걸음이 가벼웠다.

"송대리 회사 그만두더니 벌써 표정이 밝아졌다."

"밖으로 나오니까 좀 살 것 같아요."

"왜 그래, 우리 신입 겁먹게. 하윤씨, 우리 회사 그런 데 아냐."

"네에. 차장님 밑에서 많이 배우겠습니다!"

하윤의 모습에 재영이 피식 웃었다. 하윤도 어느새 사회생활에 충실한 직장인이 돼 있었다. 악연으로 오해한 그 시절의 증언자. 묵은 설움을 씻어주러 때마침 나타난 은인이었다. 퇴사가 하루만 빨랐어도 재영은 하윤과 만날 수 없었다. 그랬다면 두번이나 폭탄 돌리기를 당했다는 오해를 품고 앞으로의 사회생활은 거의 포기하듯 살았을 터였다. 퇴사가 이날인 게 얼마나 다행인가. 이날 하루가 재영의 인생을 바꿨다. 영원히 잊지 못할 하루. 좋은 날이 었으므로 활짝 웃으며 떠나기로 했다.

"하윤씨, 뭐 좋아해?"

"전 다 잘 먹어요."

"차장님, 저 때문에 오셨다면서 왜 하윤이부터 챙기세요?"

"송대리야, 자기 같으면 들어온 사람하고 나가는 사람 중에 누구 먼저 챙길래? 사회생활 처음 해?"

하하하. 하윤이 크게 웃었다. 결국 재영도 웃어버렸다. 어쨌거나 좋은 날이었으니까.

청소

첫째 날. 냉장고 깊숙이 자리 잡은 음식은 그대로 한달이고 1년을 넘기기 십상이다. 자리도둑 애물단지. 저 꿀단지에 담근 깻잎 장아찌는 족히 3년은 됐으리라. 손대지 않는 밑반찬들과 물 빠지기 시작한 나물도 여럿. 이것이 그녀의 냉장고 속사정이었다. 버리자. 냉장고 탐색을 마친 그녀가 바닥에 깔 신문지를 찾았다. 그러다 곧 짧은 탄성을 내뱉었다. 끊은 지가 언젠가. 오래전 회사에서 태블릿PC를 지급 받으면서 종이신문과의 인연을 끝냈다. 원할 때 원하는 기사를 볼 수 있었고, 따로 모아 버려야 할 일도 없었으며, 매달 통장에서 돈도 빠져나가지 않았다. 종이 버리는 날, 밖에 내놓으라고 아이들에게 신신당부하고 출근했다가 퇴근 뒤 그대로 쌓여 있는 것을 보면 다시 나가버리고 싶었다. 나도 집에 오면 쉬고 싶다. 서글펐다. 그쯤은 너희가 해도 되잖니. 신문 끊고 그런 일이 없어져 다행이기는 하나 막 쓸 종이로 신문만 한 것도 없었다. 읽을 목적이 아닌 막일로 신문을 찾는 것이 안타깝긴 해도 사실이 그랬다. 그녀가 주방 바닥에 신문 대신 종이타월을 넓게 깔았다. 기름 닦을 때도 반으로 잘라 썼지만 이날은 쭉쭉 펼쳤다. 근검절약. 그것의 성질이 화려하지 못한 까닭에, 그런 행동은 종종 초라함이나 궁색이라는 말로 돌아왔다. 하찮은 절약이 대단한 보상으로 이어진 적도 없었다. 그럼에도 저 습관이 몸에 밴 것은 아마도 아버지의 영향이 컸으리라. 두루마리 휴지가 이미 보편화됐을 때에도 그녀의 집 화장실에는 손바닥만 하게 자른 신문이 노끈에 꿰여 있었다. 그녀는 아버지가 쪼그리고 앉아 그것을 만드는 모습도 싫었고, 화장실에 새로 채울 때마다 하는 소리도 싫었다. 똥 쌀 때만 쓰자. 그걸 그때 말고 또 언제 써요? 그러나 그보다 황망한 것은 각종 병으로 만든 꽃이들이었다. 화장실에 놓인 신문은 여타 집에서도 종종 볼 수 있었으나 그런 꽃이는 그녀의 집이 유일했다. 그녀의 아버지는 명주실로 긴 심지를 만들어놓았다가 꽃이가 필요하면 그것으로 병을 잘랐다. 심지에 석유를 묻혀 병의 적당한 높이에 감고 불을 붙였다. 불붙은 심지를 잠시

바라보다가 어느 순간 탁! 치면 그 부분이 턱 잘렸다. 자
못 흥미로울 수도 있겠으나 집 안의 연필꽂이 수저통 동
전통 따위가 전부 정종병 소주병 우유병이니 절로 반감이
생겼다. 때문에 그녀 자신은 그러지 않겠노라 수없이 다
짐했건만 돌아보면 그녀 또한 뭔가를 모으고 자르고 있었
다. 그녀는 그것을 떨쳐내는 의식처럼 툭툭 손을 털었다.
그리고 본격적으로 종이타월에 간장 마늘 깻잎 등속의 장
아찌들부터 꺼냈다. 간은 잘됐는지 곰팡이 하나 오르지
않았다. 둘레가 투명하게 마른 마가린, 물과 기름이 분리
된 마요네즈, 이런 것은 집주인의 게으름 때문만은 아니
다. 바닥날 때까지 쓸모가 이어지기 힘든 까닭이다. 그녀
는 냉장고 문 열림 경고를 무시하고 내용물을 꺼냈다. 삐
익 삐익. 계속된 소리에 그녀의 아들이 나와 시끄럽다며
통을 주고 들어갔다. 썩을 놈. 그녀가 검정 비닐봉지에 버
릴 음식물을 모았다. 냉장고 밖으로 나오며 쓰레기로 전
락한 반찬들. 갑자기 더럽게 느껴졌다. 하기야 배 속에 들
어간다고 별수 있나, 나오면 똥이지. 중얼중얼 하나둘 비
워내니 개수대에 빈 찬통이 가득했다. 그녀는 그것들 먼
저 씻어 식탁에 쌓아두고 냉장고 선반을 뽑았다. 영문 모
를 찐득찐득한 진액이 달라붙어 있었다. 선반 레일을 닦

을 때도 여지없이 경고음이 울렸다. 역시 아들이 나왔다. 뭐 해? 청소하잖아, 자식아! 그녀가 냉장실 문을 텅 닫고 냉동실을 열었다. 봉지 봉지 얼린 것들이 흉하게 쌓였다. 씻어둔 찬통으로 옮길까 하고 돌아보니 낡기도 낡았지만 모양과 크기가 제각각이었다. 다 버리자. 그녀가 작심한 듯 챙겨둔 음식물과 찬통들을 들고 밖으로 나갔다. 들고 나온 것들을 수거함에 넣고 곧장 마트로 향했다. 미련퉁이. 홈쇼핑에서 세트로 저렴하게 팔 때 미리 사둘 것이지, 하고 자신을 탓했다. 망설이고 후회하고, 망설이고 후회하고, 때려죽여도 못 고칠 고질병이었다. 이제 그만하자. 망설였다면 망설인 이유가 있겠지. 몇천원 더 비싸면 몇천원 더 주고 사면 됐다. 그녀는 미련 없이 같은 브랜드의 찬통을 용도별로 골랐다. 각각 열개씩, 모두 서른개. 주방에 펼쳐놓으니 이게 또 냉장고에 다 들어갈까 걱정이었다. 밑바닥에 붙은 스티커도 문제였다. 무슨 지랄이라고 가격 스티커를 이따위로 붙였나. 손톱으로 긁다가 안되면 침도 바르며 열심일 때 그녀의 아들이 나왔다. 뭐야? 지저분해서 새로 샀어. 쓸데없는 데다 돈을 써. 녀석의 방으로 달려가 진정 쓸데없는 것들을 조목조목 짚어주면 어떨까. 그러나 그녀는 이미 그런 씨름의 허망함을 알고 있다. 큰애가 스물넷, 작은애가 스물셋. 아이들이 그 나이가 될 동안 그녀가 겨우 터득한 것은 그들의 말에 토를 달면 안 된다는 것이다. 그랬다가는 되로 주고 말로 받고 종국에는 뭘 모르는 사람으로 몰렸다. 그러니까 엄마는,으로 끝나는 결론. 지쳤다. 그녀가 냉동실을 비웠다. 꽝꽝 언 것들이어서 손보기도 까다로웠다. 지퍼백에 조금씩 덜어 얼린 사골국물들은 욱여넣은 상태로 얼어서 떼어내기도 힘들었다. 푹 고은 정성까지 얼어버렸나. 누가 해동해서 먹지도 않고, 버리려니 일만 많았다. 그녀가 사골국물들을 설거지통에 넣고 뜨거운 물을 틀었다. 눈에 띄면 사다가 얼려둔 떡들은 왜 그리 많은지. 백설기 송편 인절미 가래떡 등속이 온갖 전들과 함께 엉켜 있었다. 1년 명절은 나겠네. 그녀가 허탈하게 웃으며 그것들을 모두 버렸다. 새우젓과 조개젓도, 톳으로 산 김과 생선들 역시 버렸다. 그러다보니 새 찬통에 담겨 냉장고로 다시 들어간 것이 별로 없었다. 잔멸치 약간, 콩 조금. 그것들 또한 이제 손댈 리 없겠지만, 그래도 냉장고니까 뭘 좀 넣어야겠기에 가장 깔끔한 것으로 정했을 뿐이다. 이제 냉장고가 텅 비었다. 깨끗하네. 넋 놓고 속을 보고 있자니 또다시 경고음이 울렸다. 그녀가 문을 닫았다. 이제 음식물쓰레기만 한번

더 버리고 오면 됐다. 오늘은 여기까지. 날 잡은 대청소가
아니니 그만하면 됐다.

　둘째 날. 그녀가 싱크대 곳곳을 살폈다. 위쪽 선반에는
잘 쓰지 않는 그릇과 접시가 쌓여 있었다. 뭐가 하나씩 깨
져 짝이 맞지 않아 급할 때 아니면 쓸 일이 없었다. 급한
일이라는 것이 대개 갑자기 손님이 왔을 경우인데, 아이
들 사춘기 때부터는 발길이 점점 줄더니 스무살 무렵부터
는 뚝 끊겼다. 아이들 머리가 크니 눈치가 보인 모양이었
다. 실은 그녀도 그들이 마냥 반갑지만은 않았다. 집에 바
깥양반이 없으니 불쑥불쑥 찾아와도 마음 편했던 모양인
데, 휴일마저 쉬지 못하는 그녀는 그게 고역이었다. 그래
도 혹시 또 모르니 하고 쌓아둔 것도 있고, 아까워서 정들
어서 버리지 못했다. 신기하게도 그릇들은 사용할 당시의
추억을 고스란히 담고 있었다. 특히 유리 재질인 코렐 식
기 세트는 단아한 꽃무늬와는 달리 거친 기억을 갖고 있
었다. 연년생인 두 아이의 사춘기를 함께 겪었다. 깨지지
않는 유리로 유명세를 떨쳤으나 식탁에서 밥공기가 깨졌
고 개수대에서 접시가 깨졌다. 제아무리 단단해도 누군
가의 분노는 견뎌내지 못했다. 그녀는 이제 그것들과 정

을 떼야 했다. 그녀가 그릇들을 쓰레기봉지에 차곡차곡 넣고 으쌰, 한번 들었다 놓았다. 무겁네. 무거워. 너무 무겁다. 그녀가 한숨처럼 되뇌고 다시 싱크대 선반을 살폈다. 찧은 마늘을 사 먹은 게 언제부터인데 여태 마늘 절구가 있나. 심지어 돌절구였다. 그것을 먼저 버린 그릇들 위에 올리고 쓰레기봉지 손잡이를 묶었다. 번쩍 들지 못하고 질질 끌어 현관 신발장에 기대어놓았다. 조리대를 닦는 것도 일이었다. 무슨 요리를 그리 요란하게 했기에 저 꼭대기까지 기름때가 끼었을까. 찐득한 기름때가 수세미에 달라붙었다. 그때 그제야 일어난 그녀의 딸이 나왔다. 뭐 해? 청소. 일은? 그만뒀어. 왜? 왜일까. 새 직장 구하기도 어려운 나이에 잘 다니던 회사를 스스로 그만둔 걸 뭐라고 해야 하나. 있는 듯 없는 듯 조용하고 누구도 그녀를 견제하지 않아 가능했다. 그녀는 성과를 위해 눈에 띄게 앞으로 나선 적이 없었다. 늘 이선의 조력자를 자처했다. 연륜 많은 조력자가 뒤를 받쳐준다는 것은 여러모로 든든한 구석이 있었다. 그것이 한결같아 입사 초기에는 적극성이 부족하다는 지적도 있었지만, 뒤로는 오히려 과욕이 없다는 평으로 바뀌었다. 그러나 일이라는 것이 늘 계획대로 되는 것은 아니어서 일이 틀어지면 우선 그녀를 탓하기도 했다. 그러면 그녀는 부드러운 미소로 답하고 곧장 돌아섰다. 결과에 칭얼칭얼 징징대는 것을 참지 못했다. 그런 건 너네 부모한테 해. 그녀는 며칠 전에 사직서를 냈다. 이제 그만하자, 결심했고 망설이지 않았다. 그리고 딸에게 왜?라는 질문을 받았다. 딱히 진지한 대답을 원치 않은 질문이었으므로 그녀는 그냥,이라는 말로 얼버무렸다. 거기 있던 것들 다 치웠어? 버렸어. 왜? 쓰지도 않고, 집도 좁고. 그런 거 버린다고 집이 넓어져? 이사 가자. 그럼 네가 10억만 벌어 와, 하고 그녀가 피식 웃었다. 10억? 내가 그 돈을 언제 벌어. 그전에 재개발되겠네. 재개발되면 새 아파트에서 살아야지 이사를 왜 가? 재개발해도 자기분담금 필요해. 그거 얼마나 된다고. 엄마 그 정도도 없어? 그러고는 커피를 타서 방으로 들어갔다. 훤한 대낮에 기상했으므로 딸에게는 모닝커피나 진배없었다. 딸은 자신이 10억을 벌 기간을 얼마나 잡았길래 터무니없는 재개발 얘기를 한 걸까. 그만큼 자신은 거의 불가능하다는 뉘앙스였는데, 엄마는 왜 분담금쯤은 당연히 있다고 생각하는 걸까. 그 정도도? 분담금이 얼마냐에 따라 달라지겠지만 결코 적은 액수는 아닐 터였다. 앞에 부른 10억이 너무 컸나. 분담금이 몇천 혹은 몇억도 될 수 있는데 이 정도는 우스운 모양이었다. 그 우스운 돈이라도 벌어나 보고 말하든지. 그녀는 난데없이 그 정도도 없는 엄마로 지적당한 것만 같아 순간 울컥하고 말았다. 내가 번 돈 나만 썼으면 그 정도는 충분히 모았겠지. 돈을 모으지 못한 건 억울하지 않았다. 그러나 혼자 꾸리는 엄마의 경제 상황에 전혀 공감하지 못하는 자식의 태도는 못내 서글펐다. 나는 누가 알아서 주머니에 돈을 넣어주니? 해도 해도 너무 하네. 그녀는 그만 청소를 마무리하고 사용한 행주들을 냄비에 모았다. 삶을 생각이었다. 삶고 삶아 이미 닳아버린 행주들. 이 미련한 미련을 어찌하면 좋은가. 그녀가 작심한 듯 물기를 꼭 짜서 쓰레기통에 넣었다. 그리고 새 행주를 꺼냈다. 좋네. 오늘은 여기까지, 하고 방으로 들어가려던 그녀가 잠시 멈칫했다. 현관에 모아둔 쓰레기가 가득했다. 쓰레기봉지 두개와 분리수거 용품을 담은 봉지 두개. 혼자서는 다 들 수 없었다. 그녀는 일단 신발을 신었다. 그리고 아들을 불렀다. 대답이 없었다. 딸을 불렀다. 딸이 나왔다. 왜? 쓰레기 버리러 가자. 쟤는 뭐 하고? 대답이 없네. 딸이 풀어 헤친 머리를 하나로 획 묶으며 나왔다. 쓰레기봉지는 무거우니까 손잡이 묶은 데 잡아. 그러나 딸은 얇은 보조끈 묶은 데를 잡고 나갔다. 딸이 잡은

끈이 죽 늘어났다. 그리고 그것은 결국 엘리베이터에서 내릴 때 뚝 끊어지고 말았다. 1층에서 올라타려던 남자가 놀라고, 뒤에서 지켜보던 그녀도 놀랐지만, 딸은 짜증이 먼저였다. 아 씨! 그녀가 얼른 봉지를 밖으로 꺼냈다. 다행히 봉지가 터지지는 않았다. 그러니까 여기, 여기를 들라고. 딸이 다시 들고 쓰레기장으로 걸어갔다. 그녀는 쓰레기가 너무 무거워 한 걸음 한 걸음 천천히 걸었다. 반쯤 갔을 때 딸은 분리수거함 앞에 서 있었다. 와서 좀 들어줬으면. 물론 그런 일은 없었다. 서 있는 모습에서 짜증만 느껴졌을 뿐이다. 들어봐서 알잖니. 얼마나 무거운지. 당연 농담이었을 테지만 딸은 언젠가 그녀에게 연약한 척,이라는 말을 했었다. 그것이 너무 깊게 박혔다. 아마 생수 2리터짜리 여섯개 묶음을 옮길 때였을 것이다. 느닷없이 다리에 힘이 풀린 그녀가 풀썩 주저앉고 말았다. 그럼에도 태연하게 저런 농담을 했다. 농담하며 대신 들어줬으면 곧 잊었을 테지만, 그런 일은 없었다. 그녀는 겨우 쓰레기장에 도착해 딸이 먼저 내려놓은 쓰레기봉지 옆에 자신이 들고 온 쓰레기봉지를 툭 내려놓았다.

셋째 날. 이날은 베란다였다. 베란다 창고 앞으로 쌓인 짐이 많았다. 선반 삼아 내놓은 원목 탁자가 오히려 자리를 많이 차지했다. 그녀는 탁자에 올려둔 김치냉장고 전용 김치통들부터 한쪽으로 치웠다. 김치냉장고 위아래를 김치만으로 꽉 채운 적이 없었다. 가전제품은 용량이 큰 것을 사야 후회하지 않는다는 조언에 덜컥 큰 놈을 선택했지만, 세 사람이 먹는 김치가 그리 많지 않았다. 위쪽은 아예 생수와 음료수 전용 칸으로 바뀌어 김치냉장고라는 말이 무색했다. 그녀가 상판 유리부터 들고 나가 신발장에 기대어놓았다. 다음으로 탁자를 빼냈는데, 뭐가 탁자에 밀려 쏟아지고 그녀의 발에 치이고 걸리고, 고생도 그런 고생이 없었다. 먼지는 왜 그리 쌓였나. 풀썩풀썩 난리도 아니었다. 그거 한다고 죽니? 누가 언제 무슨 일로 한 말인지는 기억나지 않았다. 그녀의 부모 친척 혹은 직장 상사였을 것이다. 설마 죽기야 하겠습니까. 성격상 속으로 한 대꾸였을 테고 찜찜한 억울함이 여전히 남았다. 왜 갑자기 그 말이 떠올랐을까. 모른다. 홧김에 발에 닿은 뭔가를 걷어차고 탁자를 현관 앞으로 가져갔을 뿐이다. 다시 돌아온 그녀가 난장판이 된 베란다를 살폈다. 먼저 눈길을 끈 것은 공구통이었다. 손잡이가 짧은 망치는 제법 묵직해서 당장 뭐라도 박아보고 싶었다. 필요할 때마다 사서 모아둔 드라이버와 접착제가 거실장에 있는데, 그런 것을 포함한 공구통이 이미 베란다에 있었다. 그리고 너저분한 잡동사니들. 이게 다 뭐야. 그녀는 남의 집 살림 구경하듯 보며 정리했다. 아이들이 어릴 적에 탔던 인라인스케이트, 바구니처럼 푹 꺼진 축구공부터 도무지 언제 샀는지 기억나지 않는 부삽까지. 이것들을 다시 쓸까. 안 쓴다. 결론 내린 그녀가 죄다 쓰레기봉지에 넣었다. 커피메이커와 녹즙기는 최대한 분리했다. 더이상 살림이 아니었다. 한때는 향 좋은 커피도 내려 마셨고, 색 고운 녹즙도 짜서 먹었지만, 말 그대로 한때였다. 만들기도 귀찮고 먹기도 귀찮고 뒤에 나오는 설거지는 일만 되고 주방은 좁아지고 눈에 띄면 속 터지고. 베란다에 내놓을 때도 좋은 소리를 듣지 못했다. 그럴 줄 알았어. 차라리 그때 버렸으면 이렇게 몰아서 버리는 수고는 덜었을 텐데. 그 와중에 겨우 쓰레기 신세를 모면한 것은 작은 전기난로와 김치냉장고 전용 김치통, 각종 세제가 든 상자와 우산 몇개였다. 그녀가 그것들을 옆으로 치우고 드디어 창고 문을 열었다. 문을 열자마자 시커먼 짐이 그녀 쪽으로 쏟아졌다. 뭐야! 놀란 그녀가 일단 손을 뻗어 그것을 막았다. 오래된 옥돌매트였다. 그것도 한때 매우 유행했던 것으로, 한 1년

썼더니 매트 속 돌이 천을 뚫고 나왔다. 위에 패드를 깔고
자도 튀어나온 돌이 불편했다. 그래도 온돌방처럼 뜨끈
한 기운이 그리울 때가 있어 버리지 않고 창고에 넣어두
었다. 무겁기는 또 얼마나 무거운가. 괜히 돌매트가 아니
었다. 그녀는 발 앞으로 쏟아진 매트를 질질 끌어 현관에
내다 놓았다. 그녀가 다시 창고 앞에 섰다. 전골냄비는 왜
저리 고이 모셨나. 그리고 찬통들! 과거에 무엇을 얼마나
쌓아두고 먹었기에 저 지경일까. 시뻘건 플라스틱 찬통과
둥근 스테인리스 찬통들이 벽을 타고 가지런히 쌓였다.
버리자. 그녀가 찬통들을 모조리 빼냈다. 찬통들과 매트
만 빼내어도 창고 한쪽이 넉넉했다. 그녀는 그곳에 베란
다에 쌓여 있던 물건들을 넣었다. 그리고 문을 닫았다. 베
란다가 말끔하게 텅 비었다. 여태 쓰레기만 안고 살았네.
그녀가 수도꼭지에 청소용 호스를 꽂고 물을 틀었다. 물
살에 밀린 먼지가 물과 함께 고였다. 싹싹 쓸어내고 몇개
안 되는 화분에 물도 뿌려줬다. 끝. 이제 현관에 모아둔 쓰
레기들만 버리면 됐다. 그녀가 지갑을 챙겨 현관으로 나
갔다. 전날은 딸이 수고했으니 이날은 아들을 불렀다. 그
녀가 아들, 하고 부르니 아들이 얼굴을 내밀었다. 왜? 쓰
레기 버리러 가자. 지금? 그래. 누나는? 제발 좀 그만해.

숨이 턱 막혔다. 누나는 어제 버렸어. 아들이 모자를 눌러 쓰고 나왔다. 그녀가 옥돌매트 가방과 시뻘건 찬통들을 들고 먼저 밖으로 나갔다. 그녀의 아들이 탁자를 아파트 복도로 빼내고 상판 유리를 덮었다. 그 위에 스테인리스 찬통들도 올렸다. 갈 수 있겠어? 갈 수 있어. 아들은 찬통 네개를 탑처럼 쌓고도 잘 걸었다. 저런 재주가 있었네. 그녀가 옥돌매트를 질질 끌며 따라갔다. 엘리베이터를 타고 내려가는데 바로 아래층에서 한 소년이 올라탔다. 그녀의 짐으로 안이 좁았다. 미안해요. 1층에 도착하니 소년이 열림 버튼을 누르고 섰다. 먼저 내리세요. 고마워요. 그녀의 아들이 탁자를 들고 먼저 나갔는데, 그는 탁자를 들고도 아파트 현관 계단을 턱턱턱 내려가 곧장 경비실로 걸어갔다. 기운도 좋지. 그녀가 옥돌매트를 질질 끌며 뒤를 따랐다. 한 손으로 든 찬통 세개가 걸을 때마다 흔들렸다. 버리는 것이 왜 이리 힘든가. 그녀는 찬통들을 분리배출하고, 옥돌매트와 탁자는 돈을 지불하고 버렸다. 돌아오는 길에 그녀의 아들이 물었다. 버릴 것들을 왜 샀느냐고. 왜 샀을까. 스테인리스 찬통은 이유가 생각났다. 나박김치처럼 물 많은 김치는 스테인리스에 넣으면 더 시원했다. 김치냉장고를 사기 전까지는 그렇게 썼다. 이제 기억나네.

그녀가 피식 웃었다. 왜 웃어? 그냥. 이젠 다 됐지? 현관에 쓰레기봉지들 남았잖아. 뭘 그렇게 버리는 거야! 아들이 성큼성큼 아파트 복도를 걸어갔다. 피곤했다.

넷째 날. 집 안을 찬찬히 둘러보던 그녀가 거실 창 앞에 섰다. 검지로 창을 스윽 문지르니 끝에 먼지가 묻어났다. 닦은 지 오래됐구나. 그래서 이날은 창과 문을 닦기로 했다. 그녀가 수건장에서 개중 낡은 것 세장을 추렸다. 그것들을 가위로 반씩 잘랐다. 걸레로 쓸 생각이었다. 그러나 곧 쓰레기통에 넣어버렸다. 평생 습관 어디 가겠나. 낡으면 낡은 대로 쓰다가 물기를 제대로 흡수하지 못할 지경이 되면 잘라서 걸레로 썼다. 여기저기서 받은 기념 수건이 장에 쌓여도 낡은 것을 버리지 못했다. 누구의 개업 선물로 받은 수건은 이미 그가 폐업을 했음에도 여전히 새 것이다. 작작 좀 하자. 그게 언제였나. 일회용품 안 쓰기 운동이라는 말이 있었다. 그녀로서는 어려울 게 없었으므로 선뜻 동참했다. 아니, 어쩌면 이미 실천 중이었을지도 모른다. 그러나 그녀만 안 쓰는 것인지 세상에는 온갖 일회용품이 쏟아져 나왔다. 이제는 나도 써야겠다. 그녀가 나가서 일회용 물걸레를 잔뜩 사 왔다. 물티슈처럼 한장

씩 빼 쓰는 것이다. 천연항균 99.9%. 그러나 심각한 문제
는 늘 나머지 0.1%에서 발생했다. 그녀는 거실 창부터 닦
았다. 집 안에서 가장 큰 창이지만 한여름에도 활짝 열어
놓을 수가 없었다. 앞 동과의 간격이 너무 좁았다. 오래전
에 그녀가 직접 앞 동 복도에 서서 이쪽을 지켜보기도 했
다. 낮도 낮이지만 불 밝히는 밤에는 거실 안쪽까지 선명
하게 보였다. 사는 거 매한가지니 누구는 발톱을 깎았고,
누구네는 모여서 TV를 보고, 누구네는 어린아이의 옷을
갈아입혔다. 감출 것 없는 일상이지만 막상 누가 본다 생
각하면 어쩐지 민망하다. 그러니 거실 창을 마음껏 열 수
가 없었다. 그녀가 먼저 닦은 걸레를 내려놓고 새 걸레를
빼냈다. 걸레를 막 빼면 물이 흥건해서 높은 곳을 닦을 때
는 물방울이 얼굴로 뚝뚝 떨어졌다. 계속 떨어질 것이고,
얼굴도 99.9% 소독되겠지, 마치고 한번에 씻자, 하는 생
각으로 그냥 버텼다. 그 집 여자가 부지런한지 게으른지
는 문틀을 보면 안다. 그 말은 또 누가 했었나. 저 말이 귀
에 붙은 뒤로는 문틀을 소홀히 할 수가 없었다. 구석에 먼
지라도 끼면 핀셋으로 긁어 완벽하게 하얀 문틀을 유지
했다. 방바닥보다 문틀이 더 깨끗한 집. 그녀의 집은 그랬
다. 거실 창 다음은 안방 창이었다. 베란다에 널어놓은 빨

래 덕에 창문을 열어도 저 밖이 아닌 빨래가 보였다. 가끔 널어놓은 빨래를 멍하니 보곤 했는데, 그리 넋 놓고 볼 만한 풍경이 아님에도 왜 자꾸 그러는지 그녀조차 알 수가 없었다. 문득 정신 차리고 보면 그러고 있었다. 창을 닦고 돌아서는데 안방 한쪽을 꽉 채운 하얀 하이글로시 붙박이장이 눈에 들어왔다. 오래전 장롱을 바꿀 때, 마침 붙박이장이 유행이었고 공간 활용이 좋아 보여 큰맘 먹고 설치했다. 아쉬운 것은 한번 설치하면 빼내기가 어렵다는 점이다. 차라리 키 큰 장롱으로 할 것을. 한짝이라도 옮기거나 빼내려면 사람을 불러 해체해야 했다. 방의 집기나 가구가 붙박이장 위주로 놓인 까닭이다. 너도 좀 닦아야겠다. 그래도 장롱 역할은 듬직하게 해준 놈이었다. 됐다. 그만하면 네 할 일은 다한 거야. 쓰다듬듯 찬찬히 닦았다. 그녀는 마지막으로 격려하듯 장을 톡톡 두드리고 걸레를 챙겼다. 이제 방문들만 남았다. 작은 키 탓에 식탁 의자를 함께 들고 다녔다. 그녀가 의자에 올라서서 딸의 방문을 닦을 때, 딸이 문을 벌컥 열었다. 뭐야? 문 닦아. 깜짝 놀랐네. 나도 놀랐다. 딸이 문을 닫았다. 아들의 방문도 닦았다. 아들도 얼굴을 내밀었다. 뭐 해? 문 닦아. 요즘 무슨 일 있어? 없어, 닫아. 냉장고에 먹을 게 하나도 없어. 어떤 것을 채워야 저런 말을 듣지 않을까. 차라리 음식 배달책자와 카드를 넣어둘 것을. 그랬다면 정성껏 만들어 쓰레기통만 배부르게 할 일은 없었을 것이다. 배고파. 시켜 먹어. 치킨 시킨다. 그녀는 온 집 안의 문과 창을 닦는 데 사용한 걸레들을 모아 쓰레기통에 넣었다. 땀으로 몸이 끈적끈적했다. 씻어야지. 그녀가 갈아입을 옷을 챙겨 안방에서 나오니 그녀의 딸도 나왔다. 뭐 시켰냐? 양념하고 치즈 뿌린 거. 나 그거 안 먹어. 주문하기 전에 말해야지. 물어봤어? 새 거 시켜? 됐어. 그녀가 화장실로 들어가 양치질을 했다. 튀긴 닭에 뭘 바르든 한번 먹고 지나가는 데 큰 문제 없는 음식 아닌가. 그러나 두 미식가에게는 매우 중대한 문제인 것 같았다. 어쨌거나 그녀는 무엇을 먹을 생각이 없었다. 걸레를 너무 만졌더니 목에 소독약이 99.9퍼센트 찬 것 같았다. 목을 깨끗하게 헹구고 그만 자고 싶었다.

다섯째 날. 이날은 화장실이었다. 먼저 쓰레기통을 비우고 새 비닐봉지를 씌웠다. 그녀도 누가 싹 비운 쓰레기통에 첫 휴지를 버리고 싶었다. 쌓인 휴지로 뚜껑이 벽으로 밀려날 지경이 되어도 비우는 사람은 그녀뿐이었다. 제발 나의 하루를 26시간으로 늘려주십시오. 두시간만,

제발 단 두시간만 더. 한때는 그런 기도를 달고 살았다. 아마 그녀의 아들이 고등학생 때였나보다. 그녀의 다리 부종이 유독 심한 날이었다. 쿠션을 높여 다리를 올리고 잠시 눈을 붙였다. 그 모습이 짐짓 한가로워 보였을까. 아들이 다가와 낮은 소리로 말했다. 엄마, 자? 아니. 화장실 쓰레기통 비워야 해. 그녀가 기분 상하거나 민망하지 않도록 조심한 말투였다. 힘들면 서두르지 않아도 된다는 진심과 배려마저 느껴져 어떤 대꾸도 할 수 없었다. 선한 고용자의 일꾼을 향한 배려. 날 고용했니? 자조했을 뿐이다. 그녀도 누가 말끔하게 닦아놓은 세면대에서 첫 양치질을 하고 싶었다. 세면대는 늘 더럽고 하수구 망에는 머리카락이 쌓였다. 그럼에도 서로 자기 탓이 아니라 하고, 아니니 치울 이유가 없었다. 아무래도 이 집에 숨어 사는 칠칠치 못한 누군가가 있는 모양이었다. 화장실 천장을 닦는 일도 고역이었다. 의자에 올라서면 낮은 천장에 머리가 닿고, 그냥 까치발로 서면 간당간당 손이 닿았다. 문 쪽 천장 벽지가 살짝 벌어졌고 근처에 곰팡이가 피었다. 까치발로 서니 얼마 못 가 다리에 힘이 풀렸다. 얼굴로 곰팡이도 떨어지는 것 같았다. 그녀는 힘들다, 푸념하다가 마음을 다잡았다. 푸념이 누구의 도움으로 이어진 적이 없었다. 힘들면 쉬었다가 해. 직장에서든 집에서든 끝내 그녀가 할 일이었다. 천장 다음은 바닥이었다. 먼저 샤워기 물로 애벌 청소를 했다. 바지를 걷어 올려도 젖는 것을 피할 수 없었다. 빨리 마치고 벗어야지. 그녀가 표백제 섞은 세제를 솔에 묻혀 타일 사이를 문질렀다. 그렇게 닦아야 깨끗함이 오래갔다. 그때 그녀의 아들이 화장실로 왔다. 똥 마려워. 급해? 급해. 그녀가 대충 변기 쪽에 물을 뿌리고 나왔다. 미끄러우니까 조심해서 들어가. 곧 화장실에서 게임하는 소리가 들렸다. 오래 걸리겠군. 그녀는 주방 바닥에 누워 눈을 감았다. 그녀의 아들은 그녀가 깜빡 잠든 사이에 나왔다. 자? 아니. 일하다 맥이 끊겨 다시 하고 싶지도 않았고, 작은 환풍기가 미처 냄새를 다 뽑아내지 못한 탓에 구역질도 났다. 뭘 먹었기에…… 그녀는 서둘러 바닥 타일 청소를 마무리하고, 변기에 물을 촤악 끼얹는 것으로 일을 마쳤다. 원래는 화장실 청소 뒤에 뭔가를 할 생각이었으나 더는 아무것도 하고 싶지 않았다. 이날은 여기까지였다. 씻자. 그녀가 갈아입을 옷을 챙겼다.

여섯째 날. 그녀가 붙박이장과 마주 섰다. 장을 정리하고 그 참에 신발장도 손볼 생각이었다. 먼저 장롱으로 쓰

는 붙박이장. 입지 않는 옷가지와 쓰지 않는 이불들을 꺼
냈다. 옷은 의류수거함에 넣으면 되지만, 이불은 100리터
짜리 대형 쓰레기봉지에 넣어야 했다. 사람도 들어가겠
네, 생각하며 그녀가 솜이불과 차렵이불을 구겨 넣었다.
위를 묶을 때는 베개 솜이 벌떡벌떡 일어나 무진 애를 먹
었다. 누가 좀 눌러줬으면. 그녀는 집에 청년이 둘이나 있
어도 쉽게 부를 수가 없었다. 그들의 구시렁이 중증 이명
처럼 울렸다. 쓰레기는 부피만큼 무게도 상당했다. 질질
끌고 현관까지 나가는데 욕지기가 절로 나왔다. 망할, 버
리는 것도 일이네. 장에서 빼낸 옷가지와 가방들도 이불
쓰레기 옆에 쌓아두었다. 수북했다. 어디 산에서 활활 태
웠으면. 그녀는 이제 신발을 정리했다. 마침 회사 근처에
구두 수선집이 있어 굽이 닳거나 코가 휘어진 구두는 없
었다. 상한 구두는 출근 때 맡기고 퇴근 때 찾으면 됐다.
그러나 그것도 꽤 오래전 일이 돼버렸다. 요즘은 굽 없는
단화만 신었으므로 굽 갈 일이 없었다. 그녀의 구두굽은
7센티미터에서 5센티미터로, 그다음은 3센티미터로 낮아
졌다. 그것은 높은 구두의 불편함 때문만은 아니었다. 어
느 날부터 자신의 걸음 소리가 선명하게 들렸기 때문이
었다. 똑 똑 똑 똑. 느리고 무겁게 떨어지는 소리. 가고 싶

지 않은 곳으로 가는 소리. 괴로웠다. 그때부터 소리 나지 않는 고무굽 구두를 신었다. 그런 것들은 대개 굽이 낮았으며, 그중 단화는 거의 소리가 나지 않았다. 이제 소리를 염려하며 구두를 신을 필요가 없다. 그녀가 쓰레기봉지에 차곡차곡 구두들을 버렸다. 신발 다음은 가방이었다. 그중에는 명품 토트백도 있었다. 회사에서 집에서 하도 지랄 맞은 일을 겪어 사는 거 뭐 있나, 나도 명품 가방이나 들어보자, 하고 산 것이다. 억하심정을 가방으로 풀었으니 정이 들 리 없었다. 그녀는 토트백을 돌돌 말아 크기를 줄였다. 밑창이 길고 딱딱해 20리터 쓰레기봉지 주둥이까지 불쑥 솟았다. 묶을 때 애 좀 먹겠군, 하고 그녀가 다른 가방을 들었다. 엄마! 등 뒤에서 그녀의 딸이 소리쳤다. 그거 나 달라니까 왜 버려? 짝퉁이었어. 백화점에서 샀다며. 그냥 한 말이지. 어쩐지 폼이 안 나더라. 폼. 말 한마디에 명품의 위상이 바닥으로 떨어졌다. 다시 꺼내 사실은 진품이었다고 해볼까. 그녀가 피식 웃으며 쓰레기봉지를 묶었다. 나온 김에 이것 좀 버리고 오자. 쟤는? 하…… 그녀가 말없이 이불 쓰레기를 챙겼다. 그녀의 딸이 신발과 가방 쓰레기를 들고 앞장섰다. 빠른 걸음으로 먼저 엘리베이터 앞에 도착해 그녀를 기다렸지만, 그녀는 겨우 복도 중간쯤을 통과하고 있었다. 이불 쓰레기가 너무 무거워 아래가 터지지 않도록 조금씩 끌며 걸었으니 늦을 수밖에 없었다. 엘리베이터에서 그녀의 딸이 말했다. 옛날 이불 다 버리는 거지? 응. 그럼 새로 사겠네? 사는 김에 가방도 진퉁으로 하나씩 사자. 그녀는 농담이려니 웃어넘겼다. 설마 일을 그만뒀다는 엄마에게, 몇달 치 월급에 해당하는 값의 가방을 진심으로 사자고 했을라고. 요즘 백화점 거의 풀로 세일이야. 그녀가 딸을 보았다. 진심이었던 거니? 내가 그렇게 키웠니? 그녀가 주먹 쥐듯 쓰레기봉지를 꽉 움켜잡았다. 아니, 자식은 키우는 것이 아니라 스스로 자랐다. 핑계라고 해도 어쩔 수 없다. 그녀는 자신이 키운다는 오만을 일찌감치 버렸다. 명상처럼 되뇌고 되뇌었다. 조언이라는 말로 토 달지 말고, 예의라는 가르침으로 지적하지 말며, 경청하고 바라만 볼 것. 그럼에도 발생하는 문제의 책임은 기꺼이 짊어질 것. 그것이 그들이 요구하는 엄마의 모습이었다. 그것은 벙어리 삼년 귀머거리 삼년 며느리 고행보다 훨씬 길었다. 생명 다하고 무덤으로 들어가도 끝나지 않는다. 자식들의 행동 여부에 따라 살아 어떠한 사람이었는지 끊임없이 회자되는 까닭이다. 제발 잘 살아라. 내가 좋은 엄마는 아니었다만, 훗날

네 엄마가 누구였냐 따지는 세간의 세치 혀에 부관참시당하고 싶지는 않다. 그녀가 엘리베이터에서 내렸다. 이불도 무겁고 마음도 무거웠다. 밝은 대낮에 눈은 왜 그리 침침한지. 그녀가 이불 쓰레기를 들고 가는 동안, 그녀의 딸은 벌써 쓰레기를 버리고 다시 엘리베이터 쪽으로 가고 있었다. 얼른 와. 집으로 돌아온 딸이 신발을 벗었다. 그러나 그녀는 벗을 수가 없었다. 현관에는 아까 미처 들지 못했던 옷가지가 수북했다. 으쌰. 옷도 무겁네. 딸이 제 방으로 들어갔다. 그녀가 겨우 현관문 손잡이를 돌리고 밖으로 나갔다. 내가 한번 더 다녀오면 되지 뭐어. 평평한 길이 고갯길처럼 힘드네에. 그녀가 중얼중얼 뇌까렸다. 나이가 부르는 한탄가. 그녀가 긴 복도를 다시 걸었다.

일곱째 날. 그동안 마음먹은 청소를 모두 마친 그녀가 개운한 단잠에서 깨어났다. 간밤에 냉동실에서 냉장실로 옮겨둔 양지머리 고기도 딱 좋게 해동됐다. 불린 미역에 양지머리를 넣고 볶다가 물을 붓고 뚜껑을 닫았다. 미리 사둔 새 쌀로 밥을 올리고 잘 익은 총각김치도 예쁜 접시에 담았다. 밥을 뜸 들일 때쯤 미역국도 불을 줄였다. 국도 뜸이 들어야 맛있다. 그녀가 먹어본 중 가장 맛있던 미역국은 언젠가 딸이 끓여준 것이다. 즉석국이었지만 생일국이라고 내준 그것이 얼마나 맛있던지. 아이의 정성은 그만하면 됐다. 그녀의 아들이 초등학생 때 만들어준 십자수 열쇠고리도 늘 지니고 다녔다. 지갑에 매달면 닳아버릴까봐 지퍼 주머니에 넣고 다녔다. 그녀가 죽은 어머니 옷장에 쌓였던 새 옷과 양말 등속을 보며 공감했던 것도 그 때문이다. 자식들이 준 것은 포장을 뜯지 않고 보기만 해도 입은 것처럼 따뜻하고 든든하다. 이날 그녀는 꼭 만 49세가 되었다. 어머니만큼의 세월을 견딘다면 그녀의 옷장에도 자식들의 선물이 그만큼 쌓일지 모른다. 아마도 그럴 것이다. 그녀는 자신이 아이들을 낳았을 때 먹었고, 자신이 태어난 이날 어머니가 먹었을 미역국을 먹었다. 곤히 자는 아이들은 깨우지 않았다. 저들에게 지금 필요한 것은 잠이었다. 곁에만 있어도 좋은 사람이 아니라 그저 필요해서 있어야 하는 사람. 자식들에게 그녀는 그런 엄마일 뿐이었다. 그녀는 어떤 엄마가 좋은 엄마인지 몰랐다. 때문에 자신이 가지고 싶었던 엄마가 되려고 노력했다. 그러나 아이들이 가지고 싶었던 엄마는 아닌 모양이었다. 그녀와 그들은 취향이 너무 달랐다. 이상 높은 그들에게 그녀는 지나치게 하찮은 엄마였다. 하찮은 엄마였으므로 하찮게 사용했다. 그것은 그녀도 어쩔 도리가 없었다. 그녀는 어디서든 자신을 사용하도록 했다. 쓸모있는 사람이 되라고, 남이 자신을 필요하게 만들라고, 그렇게 배우고 자라 다르게 사는 법을 몰랐다. 그런데 왜 다른 사람들은 내 필요는 무시하나요? 더는 못하겠습니다. 나는 태어나기를 미련하게 태어나서 요령껏 모습을 바꿀 수가 없습니다. 그녀는 푹 끓인 미역국에 찰기 좋은 흰밥을 말아 먹고, 총각김치를 아삭 베었다. 맛있게 먹고 가야지. 하나 마음에 걸리는 것이 있었다. 이봐요, 어디서 뭘 하며 사는지는 모르겠으나, 꼭 한번 아비 노릇을 하려거든 그 모습 죽을 때까지 감추시오. 홀로 생을 마감하는 것이 생부로서의 유일한 아비 노릇입니다. 그녀는 식사를 마치고 설거지한 그릇을 원래의 자리에 두었다. 밥을 먹고 바로 양치질을 하니 미역국이 살짝 올라왔다. 그래도 꾹 참았다. 샤워를 하고 옷도 정갈하게 차려입었다. 구두도 미리 깨끗하게 닦아두었다. 구두를 신자 그녀의 아들이 나왔다. 엄마 어디 가? 응. 나 만원만 주고 가. 그녀가 지갑에서 만원을 꺼내 아들에게 건넸다. 아들은 그녀가 현관문을 열기도 전에 방으로 들어갔다. 그녀가 집을 나갔다.

더이상 수를 헤아리기 힘들 만큼 긴 시간이 흐른 날. 그녀는 아직까지 집으로 돌아오지 않고 있다. 먼 곳에 있는 그녀에게 누군가 말했다. 당신은 당신의 하나를 간직할 수 있습니다. 없습니다. 다 닦고 다 버리고 남길 것은 남기고 왔습니다.

잡다한 것들의 시간과 소설의 기술

정홍수

1

김려령의 「고드름」(『샹들리에』, 창비 2016)은 인물들이 나누는 대화로만 이루어진 소설이다. 소설은 PC방 고등학생들의 잡담이 엉뚱한 오해를 불러일으키며 이상한 소동극으로 번져가는 이야기를 관련 인물들이 쏟아내는 말로 생생하게 전하면서 이른바 '불량 학생'에 대한 우리 사회의 편견을 흥미롭게 보여준다. 배경이 되는 상황에 대한 서술 없이 곧장 이야기 속으로 들어간 뒤 인물들의 말로만 소설을 풀어나가는 이러한 서사 기법은 그 자체로 드문 것은 아니다. 그러나 인물의 목소리가 그대로 실려 오는 듯한 김려령 소설의 풍성한 대화체 입말에 익숙한 독자라면, 이 작품에서 김려령 소설의 개성적 힘을 충분히 음미할 수도 있을 것이다. 그러고 보면 김려령 소설에서 서술과 묘사의 경제를 이루어내는 짧고 빠른 문장의 리듬 역시 이 같은 대화체 입말에 의해 뒷받침되면서 적절한 균형을 얻고 있는 듯하다. 김려령의 소설에서는 일인칭의 '나'나 삼인칭의 '그'의 경우도 서술자의 자리 못지않게 인물의 자리에서 자신의 언어를 좀더 적극적으로 보태고 구현해내는데, 서술자를 감아 도는 그 목소리는 독자를 소설을 보고 읽는 자리에서 '듣는' 자리로 이동시킨다. 김려령의 이름 앞에 종종 붙는 '이야기꾼'이라는 단어는 서술자와 인물의 목소리를 적극적으로 담아내고, 그 목소리에 이야기를 실어낸다는 의미에서 단지 비유적인 수식어에 그치지 않는다. 김려령의 소설은 인물이 그 시간 그 자리에서 했을 법한 말을 포착하고, 그 말의 현장성 안에서 이야기를 들려주는 데 각별하다. 김려령 소설의 서술자 또한 말을 하는 사람, 곧 화자(話者)의 자리에 가까우며 우리는 때로는 화자를 매개로 해서, 때로는 인물을 통해 직접적으로 소설의 이야기를 듣고 느낀다. 김려령 소설이 늘 생생하고 입체적인 인물과 이야기를 구축하고 있는 것도 이 때문일 것이다.

2

이번 소설집에서도 김려령 소설의 이런 면모는 약여하다. 그런데 개개 인물의 언어에 특별히 집중한다는 것은 인물의 개별성과 구체성을 그만큼 존중한다는 뜻일 테다. 김려령의 소설은 대개 우리 시대 가족의 이야기를 다루고 있는데, 거기서 어떤 전형이랄까 일반화의 경향을 찾아보기는 힘들다. 각각의 이야기는 개별 인물들의 상황과 사정 안에서 핍진하고 그럴 수밖에 없게 느껴진다. 거기서 부서지고 있는 것은 변화하는 가족의 모습에 대한 사회적 상투형이나 모종의 고정관념들이다.

가령 결혼을 앞둔 서른셋 동갑내기 커플의 이별담을 다루고 있는 「상자」를 보자. 소설은 남자로부터 갑작스럽게 이별 통보를 받은 여성 '나'가 그녀로서는 황당하기까지 한 결별의 이유와 과정을 되짚어보는 이야기로 되어 있다. 두 사람은 출산과 양육의 속박에서 벗어난 결혼생활, '여행을 하며 자유롭게 사는 50대 이후의 삶'과 같은 목표를 공유하고 있는 커플이다. 경제적인 문제에서든 사회구조적인 문제에서든 결혼이나 출산, 혹은 라이프

스타일에 대한 생각이 변화하고 있다는 것은 누구나 아는 일이며, 여기까지라면 이 커플의 이야기는 그다지 특별할 게 없다. "아이가 싫은 건 아니지만 내가 열정을 막 쏟을 자신이 없어. 아이 때문에 포기하는 일이 생기면, 애를 원망할 것 같아. 너무 무책임하잖아."(39면) 남자의 말은 거의 표준적인 답변처럼 보인다. 그러나 올케의 임신을 계기로 참석한 가족 모임에서 '나'가 어머니로부터 자신의 아기 시절 물건을 보관해온 상자를 건네받은 후 남자가 보인 반응은 이해하기가 쉽지 않다. 남자는 그 상자의 물건들을 본 뒤 갑작스럽게 이별을 통보해온다. 이유는 그 상자의 '적나라함'이 불편하고 견딜 수 없다는 것이다. "너희 어머니가 너를 아직도 쪽쪽이 문 아기로만 보는 것 같은 거야. 그때를 회상하는 것하고 여전히 그렇게 보는 건 다르지 않아?"(51면) 남자는 올케의 임신을 이유로 온 가족이 모인 것도 불편했다고 덧붙인다. 어떻게 살펴도 남자의 반응은 과도하며, '나'가 여기서 자신의 가족 전체가 모욕을 받았다고 느꼈다 한들 이상할 것은 없어 보인다. 이런 경우 예상해볼 수 있는 이야기의 방향은 가족과 관련해서 남자가 가지고 있는 트라우마적 경험 쪽일 수 있다. 그러나 김려령의 소설은 정신분석적이든 다른 방식이든 남자의 이야기로 넘어갈 생각이 없다. 이 소설은 남자의 행동에 대한 '나'의 분노를 철회할 생각이 없는 채로, 일인칭 여성 화자 '나'의 자리를 고수한다. 남자에 대한 분노의 항변은 일인칭의 구조를 따라 거의 전면적인 고백체의 형식으로 전환되는 가운데 스스로에 대한 반성의 계기를 얻는다. "아이러니했다. 아이를 낳고 싶지 않은 내가 쥐고 있는 아기 때의 나."(59면) 그렇다면 혹 그 '아기 때의 나'는 어른이 되어서도 가족의 위계 내에서 여전히 '어리광'을 부리고 있는지도 모른다. 한편으로는 낡은 가족의 틀에서 벗어나려 하면서 다른 한편으로는 거기서 얻을 것은 얻고 있는 식으로 말이다. "그가 어른 아기라고 표현한 (⋯) 내가 인지하지 못한 내 모습이 혹시 그랬을까봐 속상해서 눈물이 다 났다. 그랬다면 징그럽다는 그의 표현은 매우 적확한 거였다. 하아, 젠장⋯⋯"(58면) 마지막에 따라붙는 '젠장'의 뉘앙스가 생생하다. 어떤 개인적 상처가 있는지는 모르지만 단지 추억의 물건에 그칠 수도 있는 여자의 상자에 과도한 반응을 보이는 남자의 경우도 '징그럽기'는 마찬가지일 것이다. 실상 '어른 아기'의 문제는 남자가 극복하지 못하고 있는 것일 수도 있다. 그러나 소설은 두 사람 사이의 시비를 가리거나 과도한 행동의 심리적 기원을 추적하지 않고 변화하는 가족 제도의 한가운데서 일어날 수 있는 불안과 혼돈 안에 머무는 쪽을 택한다. 남자가 자신의 '망상'과 싸우지 않고 관계로부터 도망친 자리에서 '나'는 상자를 집어 들고 행동에 나서는데, 그것은 남자의 문제 제기가 '적확'했기 때문만은 아니다. "엄마에게는 짐이 됐고, 나에게는 더이상 예쁘지 않"(59면)은 상자라면 이제 버려도 무방하지 않을까. 가족이라는 문제 많은 틀이든, 가족이 만들어내는 기억이든 깔끔한 결별은 어디에도 없을 것이다. 소설의 마지막에 '나'는 딸랑이를 플라스틱 수거함에 분리해서 넣지 않은 걸 깨닫고 엘리베이터 앞에서 돌아서려다 그만둔다. "귀찮다. 마침 엘리베이터 문도 열렸다. 나는 그대로 안으로 들어갔다."(60면) 결말에 놓인 이 삽화가 그리 사소해 보이지 않는 것도 같은 맥락이다. 단호한 결별의 이야기에서 시작하지만 김려령의 소설은 '나'가 한동안 혹은 계속 더 껴안고 가야 할 무언가를 남긴 채 끝난다. 성숙한 소설적 처리가 아닐 수 없다.

말하자면 아기 때 물건을 보관해둔 상자는 누군가에게는 '징그러운' 심리적 고착의 상징일 수도 있지만, 너무 오래 지니고 있었다 싶으면 언제든 버릴 수 있는 것이기도 하다. 가족에 대한 관념의 급속한 변화와는 별도로 '어른 아기'의 문제는 누구나 얼마간 품고 살아가는 것이며 그것을 처리하는 (혹은 잘 처리하지 못하는) 개개의 사정과 상황이 있을 뿐이다. '상자'는 잘못이 없다. 그런 의미에서 「뼛조각」은 「상자」와 함께 읽고 싶은 생각을 불러일으키는 작품이다. '이분 슬개골'이라고 해서 무릎뼈가 두 개로 나뉘어 작은 뼛조각을 무릎 속에 가지고 있는 경우가 있는데, 「뼛조각」의 화자 '나'가 그러하다. 실제로 일상생활에는 거의 지장이 없다. 어린 시절 발목 치료를 하다 우연히 발견하게 된 '뼛조각'의 존재는 '나'에게 꾀병과 엄살의 핑계가 되는데 그럴 법한 이야기다. 문제는 스물아홉살, 채용 전환형 인턴 2년 차인 '나'가 이 '무용한' 뼛조각을 다시 한번 어린 시절과 비슷한 용도로 쓰려고 하면서 생겨난다. 이분 슬개골은 무릎뼈에서 있으나 마나 한 존재인데, 정식 사원으로 '전환'되지 못하고 2년째 직장에서 겉돌고 있는 '나'가 그런 존재인 셈이다. 뼛조각을 수술하기로 결정하면서 '나'는 직장에 사표를 던지는데, 수술을 이유로 감행한 나름의 '당당한' 퇴사는 어린 시절 꾀병이 그러했던 것처럼 얼마간 아버지를 향한 엄살, 어리광이었음이 드러난다. 2박 3일의 병원 입원은 가벼운 '병캉스'를 기대했던 예상을 깨고 위압적인 척추마취, 소변 장애, 통증과 목발 사용 등 꽤 심각하게 진행되며 '나'의 잔꾀를 응징한다. "철없던 어릴 적 순수한 엄살에서 멈췄어야 했다. 성인의 엄살에는 궁색한 계산이 들어 있다. (…) 지금 이 의사는 내가 아니라 아버지의 근심을 수술하고 있다. 내 엄살의 싹을 뿌리까지 뽑아내는 것이었다. 내가 뭘 그렇게 잘못했어요. 어리광 한번 피운 거잖아요."(119~20면) 그러나 애초부터 '나'의 정직원 전환의 가능성이 그다지 높지 않았다는 사실을 감안한다면, 무릎 수술 후 '나'가 받아든 계산서는 의외로 단순하다. "나는 1.5센티미터짜리 뼛조각을 빼내고 5센티미터의 흉터를 얻었"(122면)을 뿐이다. 의사의 말대로 수술한다고 해서 무릎의 모든 문제가 사라지는 것도 아니다. 정확히 이분슬개골의 뼛조각만 제거되는 것이다. '아버지의 근심'이나 '엄살의 싹'은 '나'의 생각처럼 제거되거나 수술될 수 있는 것이 아니다. 「상자」에서 '상자'에 과도한 상징의 지위를 부여한 남자의 행동이 '상자'를 가볍게 버려버린 여자 쪽 행동에 의해 일순간에 납작해진 것처럼, 「뼛조각」에서 무릎 속 뼛조각을 가지고 혼자만의 상징 놀이를 한 '나'의 잔꾀는 부끄러운 실패에 이른다. 김려령의 소설은 그 실패의 아이러니에 충실하면서 심리적 트라우마의 미궁, 그 허구적 깊이를 거부한다. '나'는 흉터와 함께 살아갈 테고, 흉터는 어른이 되어서도 그만두지 못한 엄살과 어리광의 흔적으로 남을 것이다. 그러나 그것은 끊임없이 회귀하는 '억압된 것'으로서가 아니라, 한번의 실패를 내보이는 일회성 흔적일 뿐이다. 소설의 마지막, 퇴원하는 '나'는 굵은 눈송이가 내리는 추운 겨울날 목발을 짚고 힘겹게 병원 정문을 나서고 있다. '나'는 짐가방을 들고 앞서 걷는 아버지를 향해 외친다. "아버지 운전해도 돼요? (…) 아버지, 같이 가요. 아아아…… 아아아……"(130면) 그러나 이 속말은 발화되지 않았을 가능성이 더 크며, 어린 시절로 한껏 퇴행한 듯한 '나'의 모습은 '가벼움' 때문에라도 사랑스럽기까지 하다. 그리고 김려령 소설이 심각하고 무거운, 우리 시대의 상처 입은 가족 이야기들 한가운데서 찾아낸 이 '투명한 가벼움'은 손쉽게 이를 수 있는 지점도 아닐 것이다.

지금까지 살폈듯 「상자」와 「뼛조각」의 소설적 주제나 화법은 그간의 한국소설에서 잘 찾아보기 힘든 것으로, 주로 '청소년 문학'의 범주 안에서 읽혀온 김려령 소설의 예사롭지 않은 폭과 개성을 확인하게 해준다. 그런 가운

데에서도 「세입자」는 작가의 이야기꾼적 재능이 한껏 발휘된 흥미로운 작품이다. 여기서 스스로를 '불량 가족'의 일원으로 당당하게 까발리고 있는 여성 화자 '나'의 어조는 과장된 신랄함과 자기 희화를 포함하면서 소설 전체에 아이러니를 드리우고 있다. 가난과 가족의 붕괴를 둘러싼 사태는 아주 심각하고 참혹한데 그것을 진술하는 '나'의 언어에는 이상한 활달함이 감돈다. 가령 "참 질 나쁜 사람들"(143면), "참 싫었다, 이런 엄마"(149면) 같은 말은 소설에서 '나'가 이야기하는 '불량 가족'의 행태를 온당하게 담아내고 있는 것일까. 가난한 집안의 장녀. 몇만원도 안 되는 중학생 딸의 알바비를 뜯어먹고 사는 부모. 반지하 월세나마 조금 더 나은 곳으로 옮기고자 '나'가 힘들게 일해서 모은 돈을 흥청망청 써버리는 가족. 아버지는 폐암 1기 진단을 받자, 장녀인 '나'를 "도덕적으로 강탈할"(136면) 기회로 삼는다. 독립 후에도 계속되는 경제적 착취를 피해 사는 곳을 옮기면 득달같이 달려와 손을 내미는 엄마. 부모를 부양하지 않는 자식은 고소할 수도 있다고 으름장을 놓는 아버지…… 일자리를 잃었다는 거짓말 뒤에 잠시 '뜻밖의 평화'가 찾아온다. "당분간은 돈 나올 구석이 없어 뵈니 한동안 발길을 끊었다. 그랬다. 내가 살 길은 나의 가난을 증명하는 것뿐이었다."(137면) '나'가 속속들이 전하는 이런저런 이야기를 듣다보면 가족과의 절연 외에는 답이 없어 보인다. '참 싫은' 정도라면 가족이라는 울타리를 전제한 것일 텐데, 사실은 가족이라는 말이 무색할 지경이다. 참담한 가족 이야기를 전하는 '나'의 활달한 어조를 가족에 대한 체념, 포기가 반영된 반어적인 것으로 이해할 수 있다. 그런데 동시에 사태와 어조의 엇갈림은 미세하나마 '나'의 진술을 전적으로 믿을 수 있는 것인지 회의하게 만들기도 한다. 증오한다고 말해야 마땅한 대목에서 '나'는 투정처럼 '참 싫었다'라고 말한다. 소설에서 엄마와 '나'가 나누는 악다구니 같은 대화에는 모녀간에만 가능한 친밀함이 얼마간 배어 있다. 그리고 '나'는 무능하든 어떻든 부모가 꾸려갔을 최소한의 가족 생계와 노동에 대해서는 침묵한다. 어느 순간 우리는 가족의 행태에 대해 '나'의 일방적인 진술만 듣고 있는 것은 아닌지 의심하게도 된다. '나'에 대한 가족의 경제적 착취가 지속되고 있다는 것과 그로부터 '나'가 계속 도망치고 있다는 사실은 분명하되, 실제의 세세한 사정에 대해서는 다른 설명의 여지가 없지만은 않은 것 같다. 소설은 이 틈을 내버려둔 채 '불량 가족'의 이야기를 전혀 예상치 못한 방향으로 이동시킨다. 뜻밖의 곳에서 또 하나의 '불량 가족'이 발견된다. '나'는 작은 방과 화장실, 세탁실 겸 간이주방만 쓰는 조건으로 집주인이 외국에 나가 있는 35평 아파트의 세입자가 된다. 싼값에 꽤 좋은 조건이라고 생각해서 들어간 곳이지만 예상치 못한 여러 문제가 드러나고, 역시 엄마의 추적도 피하지 못한다. 가족의 괴롭힘에 지친 '나'는 직장을 그만둔다. "이제 나는 열심히 살지 않기로 했다. 열심히 산 결과가 늘 썼으므로 설렁설렁 살기로 했다. (…) 박박 긁어 먹히는 노력. 그런 거 이제는 하지 않을 생각이었다."(160면) 아파트 청소를 위해 들른 주인의 조카로부터 비워둔 아파트의 사정에 대해 듣게 되는데, 놀랍게도 이 집안은 번드르르하고 세련된 중산층의 외관과는 달리 또 하나의 '불량 가족'임이 드러난다. "나는 조카에게서 내 가족을 보았다. 자기 말이 어폐 투성이라는 걸 전혀 모르는 게 영락없이 닮았더랬다. 도덕은 주는 사람에게만 있고 받는 사람에게는 없는 걸까."(164면) '나'는 세입자인 동시에 감시자, 그러니까 조카네가 이 집에 저지를 횡포를 감시할 타인의 눈으로 고용된 셈이었다. 1년 계약 기간을 채우지 못한 채 또다시 이사를 결심하는데, 소설은 여기서 미스터리한 반전을 준비한다. CCTV가 등장

하고 아파트를 찾아왔던 엄마가 도둑이 되면서, '나'는 보증금을 돌려받지 못할 상황에 처한다. '나'는 혼란에 휩싸인다. 엄마는 진짜 범인인가, 조카는 왜 CCTV의 존재를 몰랐는가, 집주인이 안방에 두었다는 비상금은 누구를 노린 미끼였나, 조카의 말은 어디까지 믿을 수 있는가…… 소설의 끝에 이르러 '나'는 누구의 말도 믿지 못하게 된다. "그래, 조카는 아니라고 하자. 조카까지 엮으면 내가 더는 인간이라는 종을 믿을 수가 없다. 나를 위해서라도 하나쯤은 인간적으로 남겨두자"(173~74면)라는 진술은 '나'의 혼란을 역설한다. '나'는 새로운 주소지를 만들지 않겠다며 행불자가 되기로 결심하고 아파트를 나선다. 흔하다면 흔한 '불량 가족'의 이야기에서 시작한 소설은 뜻밖의 곳에서 만난 또다른 '불량 가족'의 이야기로 넘어간 뒤, 전면적인 인간 불신의 이야기로 끝을 맺는다. '행불자'가 되는 일은 아마도 상징적으로 자신의 존재를 이 세상에서 지우는 일이기도 할 것이다. 이 지움은 이야기(허구) 속 '나'의 퇴장과 맞춤하게 일치한다. 아파트 집주인의 행동을 베일 뒤에 가리며 전개되는 미스터리 기법도 일조하면서 소설은 시종 긴장을 잃지 않고 성큼성큼 앞으로 나아간다. 생각해보게 된다. '나'의 진술에 담긴 아이러니한 어조, 믿을 수 없는 화자의 미세한 틈은 소설의 마지막에 닥칠 전면적인 혼란을 예비한 것이었을까. '나'는 '남의 가족 감시자'도 '구경꾼'도 되고 싶지 않다며 행불자가 되기로 마음먹는데, 말의 표면과는 다르게 '나'는 그 '감시자─구경꾼'의 자리를 처음부터 수행하고 있었던 것은 아닐까. 말하자면 '나'는 이야기를 만들고 진행시키는 김려령 소설의 활달한 에너지를 온전히 옮겨놓은 존재처럼 보이기도 한다. 서사 내적으로 잘 설명되지 않는 CCTV의 자리 같은 것. 여기서 김려령 소설은 이야기를 들려주면서 이야기가 만들어지는 지점을 함께 의식하고 있는 것으로 보인다. 그리고 보면 '나'의 언어로 돌출하듯 튀어나온 표현 ─ '인간이라는 종' ─ 은 그 시선의 위치 때문에라도 이상하게 도발적인 느낌을 주는데, 소설의 전언을 억지로 간추리려 하기보다는 소설의 활력을 그 자체로 수긍하고 싶어진다. 하긴 들통 가득 끓여놓고 먹고 또 먹는 '미역국'이 있다면 '가족' 이후 '나'의 시간이 특별히 더 고단하지도 않을 것 같다.

시선과 목소리의 담지자 역할을 하다가 이야기의 끝에 사라지는 여성 인물은 「청소」에도 나온다. 남편 없이 혼자 일하며 연년생 자식 둘을 키워온 여성이 집 안 대청소를 하고 있다. 엿새간 하루씩 날을 잡아 냉장고, 싱크대, 베란다, 창과 문, 화장실, 장롱을 치우고 청소해나가는 데 버려도 끝이 없는 물건들, 한없이 손길을 부르는 얼룩과 먼지는 하나하나가 일과 양육을 함께 감당하며 아득바득 살아온 그녀의 세월을 말해준다. 그 과정에서 김려령의 소설은 여성의 시선과 언어가 아니었으면 불가능했을 고단한 살림의 세목을 너무도 핍진하게 전한다. 앞서 우리는 「세입자」에서 딱히 '가난'의 문제로만 귀결되지 않는 '불량 가족'의 이야기들을 접하기도 했지만, 오로지 한 사람의 희생과 노동으로만 지탱되는 이러한 가족 역시 '불량'에서 얼마나 떨어져 있는지 생각해보게 된다. 사실은 가족과 관련해서는 정도의 차이만 있을 뿐 '불량'이라는 기준 자체가 성립되지 않는 것인지도 모른다. '가족 윤리'의 존재는 거꾸로 이 특별한 친밀성의 울타리가 얼마나 부서지기 쉬운지 역설한다. 소설을 읽어가다보면 '집안 청소'가 그렇게 꾸려온 가족이라는 틀로부터 떠나기 위한 결별의 의례라는 것이 드러난다. 청소를 끝낸 뒤 일곱째 날은 여자의 만 49세 생일로, 그녀는 혼자 미역국을 끓여 먹은 뒤 스물넷, 스물셋 나이의 자식들이(엄마의 떠남을 알지 못하고 있는 이들은 얼마간 '어른 아기'이기도 하다) 남아 있는 집을 나선다. 소설은 이렇게 여자의 사라짐에서 끝나도 무방했을 것이다. 그것이 세련된 열린 결말일 수도 있다. 그런데 작가는 여기에 기어코 몇줄의 후일담을 덧붙인다. "더이상 수를 헤아리기 힘들 만큼 긴 시간이 흐른 날. 그녀는 아직까지 집으로 돌아오지 않고 있다. 먼 곳에 있는 그녀에게 누군가 말했다. 당신은 당신의 하나를 간직할 수 있습니다. 없습니다. 다 닦고 다 버리고 남길 것은 남기고 왔습니다."(230면) 의도적으로 옛이야기 투를 감수하고 있는 이 이상한 형식은 여자의 사라짐을 오래도록 이어져왔고 앞으로도 한동안은 계속될 여성들의 숱한 희생의 이야기 속에 자리 잡게 하기 위한 것일까. 아니면 다시 한번 여자의 미련 없는 결별을 확인해두기 위한 것일까. 그 어느 쪽이든 '없습니다'라고 하는 여자의 강한 부정의 목소리는 소설의 정형화된 틀을 찢으며 낯설고 강렬한 울림을 남긴다.

「황금 꽃다발」에서 일인칭 화자인 팔순의 어머니는 성공과 출세라는 세상의 척도와 무관하게 움직이는 모성의 향방을 생생하게 들려준다. 대학 교수에다 이름난 작가로 성공한 장남이지만 아들의 욕심 사납고 이기적인 행실을 낱낱이 아는 노모는 당당히 그런 자식에 대한 애정을 거

둘 수 있다고 선언한다. 특히 집안의 가난을 과장되게 지어내어 글쓰기에 써먹고, 모성을 '미학화'하는 자식의 행태를 팔순 노모가 본능적으로 꼬집을 때 김려령 소설의 '자기 언급'은 특정한 문학적 오도를 겨냥한 것이라기보다는 '자기 경계'의 느낌을 준다. 어떤 국수는 가난의 상징이 아니라 그 자체로 '별식'이었다는 사실을 기억하려 하는 것은 통념에 저항하는 김려령 글쓰기의 자기 준칙처럼 다가온다. 학교나 직장에서 일어나는 '따돌림' 혹은 '폭탄 돌리기'의 이야기를 피해자의 상처에 주목하는 방식으로 풀어내는 것이 일반적이라면, 이를 뒤엉킨 오해의 해소라는 차원에서 접근하고 일종의 '해피엔딩'으로 끝맺는 「오해의 숲」이 신선한 것도 정형화된 이야기의 틀을 거부하는 김려령 소설의 지향과 무관하지 않은 것 같다.

3

「기술자들」에서 구인승 승합차를 주거 공간 삼아 길 위를 떠도는 '최'와 '조' 두 사내는 가족이 '없는' 사람들이다. 그러나 내부에서 곪고 허물어져 내리는 '불량 가족'

의 서사 못지않게 '가족 없는' 가족 서사 역시 우리 시대의 외면할 수 없는 실상일 테다. 사실 그 둘은 같은 이야기이기도 하다. 삼십년 '흙밥' 생활 끝에 자그마한 배관설비 가게를 정리하고 승합차 한대만 남은 사내 최나, 휴대전화도 없이 떠돌다 잡일 보조 형식으로 최의 노숙 인생에 합류하기로 한 조나 더이상 내려갈 곳이 없어 보인다. 김려령 소설은 어쩌다 '유사 가족'을 이루며 수년째 길 위에서 생활하게 된 두 사내에게 찾아온 선물 같은 순간에 집중하는 방식으로("오늘만 같아라", 33면), 이들의 힘겨운 나날을 간접화하고 발화되지 않은 더 많은 고단한 사연과 시간들을 후경화한다. 흥미롭게도 두 사람의 인생에서 별다른 보상을 주지 못했던 노동의 '기술'이 이들의 길 위의 시간에서 빛을 발하는데, 무료 노지 캠핑장이든 달방 여인숙이든 이들의 최저치 떠돌이 생활을 지속시켜주는 집수리 노동과 관련한 '전문적인' 세목이야말로 「기술자들」에서 작가가 이야기하고자 한 핵심인 듯 보인다. 조가 우연찮게 전단지에 넣어 홍보한 '실리콘 시공'이 뜻밖의 괜찮은 보상으로 이어지고, 또다른 일거리의 가능성으로 연결되면서 이들의 길 위의 생활이 작은 전망과 활기를 얻는 소설의 결말은 반드시 아이러니한 것만은 아닌 것 같다.

최는 테이핑 작업 없이도 일정한 굵기와 매끈한 결을 완성했다. 얇게 발라 은색 액자틀처럼 완성한 거울 테두리 실리콘은 가히 예술이었다. 최가 모든 실리콘 시공을 마치고 조에게 실리콘 건을 넘겼다. 조가 실리콘 건을 받은 뒤 들고 있던 종이컵을 내밀었다. 백시멘트에 덧바를 코팅제였다. 액체 상태로 바르면 마르면서 플라스틱처럼 굳는 성질의 약제였다. 이것을 발라두면 시멘트가 떨어지거나 갈라지는 것을 방지하고, 물때와 곰팡이도 잘 끼지 않아 관리가 편했다. 고객들의 하소연을 흘려듣지 않은 최만의 비책이었다.(31면)

제대로 된 기술자의 안목과 손길이 작동하는 순간은 아름답다. 최를 보조하는 조는 새로운 일거리를 잘 찾아내기도 하지만, 바깥 생활의 '기술자'이기도 하다. "잡일 보조는 이것저것 다 할 수 있"(9면)다고 자신했던 조의 '이것저것들의 잡다한 역사'는 더이상 길이 보이지 않는 곳에서 길을 여는 뜻밖의 밑천이 된다. '이것저것'이라는 말은 최가 깊이 수긍하는 대로 "완곡한 자기비하"가 아니라 "모호하고도 적확한 표현"(35면)이다. "어떤 이유로든 해야 했던 지난 일들을 꾸밈없이 그러모은 말이었다. 자의든 타의든 돌아보면 최 또한 그렇게 살아왔다. 조의 이 것저것들은 못내 무용지물 같으면서도 동시에 잡스러운 든든함이 있었다."(같은 면) 그리고 이 어름에 김려령 소설이 우리 시대의 삶을 이야기하는 신뢰할 만한 시선과 태도가 있는 것 같다. 거울 테두리의 실리콘과 백시멘트에 덧바를 코팅제처럼 무언가 떨어지고 갈라지는 것을 붙이고 메우는 것은 작지만 정확한 세상의 노동이다. 그 노동의 자리처럼 김려령 소설은 자신의 이야기를 크게 부풀리지 않는 대신 작은 균열을 둘러싼 세목에 충실하려 한다. 그것은 진단하고 처방하는 언어가 아니라 쉽게 이름 붙여지지 않고, 얼핏 무용해 보이는 삶의 순간들을 '그러모으는' 언어다. 그 '잡다한' 이야기들 속에서 누군가는 '무용한' 뼛조각을 가지고 엄살 놀이를 계속하고, 누군가는 배 내 물건들을 과감하게 버리고 씩씩하게 전진한다. 행불자가 되든 떠나서 돌아오지 않든 두 여성이 끓여 먹는 '미역국'의 이야기에는 삶에 대한 긍정의 온기가 이상한 방식으로 보존되어 있다. 성공한 아들 대신 착하지만 '무능한' 아들에게 '황금 꽃다발'의 꿈을 돌려주는 노모의 당당함에도, '오해의 숲'을 헤치고 지나온 시간을 다시 껴안는 이야기에도 통념을 거스르는, 일면적이지 않은 삶의 이해가 있다. 개개 인물의 목소리와 그들의 '잡다한' 시간에 충실하면서 김려령의 이야기들은 '든든하게' 나아가고 있다. 소설의 기술(art)은 삶을 이해하는 시선과 별개로 존재하는 것은 아닐 테다.

鄭弘樹 | 문학평론가

대개의 글은 공개를 염두에 두고 씁니다. 마침내 지면을 얻어 글이 실리면 힘든 고비를 넘긴 듯 안도합니다. 동시에 그 순간부터는 온전한 내 것이 아니게 된 듯 헛헛함도 생깁니다. 세상에 내보낸 글은 어떻게 해석되든 이제 독자의 몫이니까요. 그러다보니 오로지 저를 위해 꼭 쥐고 있을 비공개 작품이 필요했습니다. 내게 불쑥 들어온 이야기, 안 쓰면 안 될 것 같아서 쓴 이야기 등 작품마다의 사연은 있지만, 어떤 글들은 안 보여주겠다는 치기로 공개하지 않았습니다. 대단한 작품이어서가 아닙니다. 저만의 애착 작품이 필요해서 그랬습니다. 공허한 헛헛함을 그렇게 달랬습니다. 이 책에 실린 두편은 이미 공개됐지만, 나머지 다섯편은 저러한 이유로 품고 있던 이야기들입니다. 문득 너무 오래 안고 있었다는 생각이 들었고, 마침 책으로 엮을 기회가 생겼습니다. 어쩌면 이제 세상으로 나가려고 그동안 폭 안겨 있었는지도 모르겠습니다. 정성껏 손봐서 내보냅니다. 제 마음이, 이야기 속 인물이, 여러분의 마음에 가닿았으면 좋겠습니다. 아주 따뜻하게.

이 책이 나오기까지 참 많은 분께 신세를 졌습니다. 흔쾌히 해설을 맡아주신 정홍수 선생님, 내게 작가의 길을 열어주신 공선옥 선생님, 긴 시간 믿고 기다려주신 전성이 부장님, 그리고 상쾌한 편집자 가희씨, 진심으로 감사드립니다. 덕분에 행복한 출간을 할 수 있었습니다. 고맙습니다. 사랑합니다.

2024년 6월

김려령

기술자들

초판 1쇄 발행 • 2024년 7월 26일

지은이 / 김려령
펴낸이 / 염종선
책임편집 / 김가희
조판 / 박지현
펴낸곳 / (주)창비
등록 / 1986년 8월 5일 제85호
주소 / 10881 경기도 파주시 회동길 184
전화 / 031-955-3333
팩시밀리 / 영업 031-955-3399 · 편집 031-955-3400
홈페이지 / www.changbi.com
전자우편 / lit@changbi.com

ⓒ 김려령 2024
ISBN 978-89-364-3956-9 03810